AMEBIC

アミービック

金原ひとみ

集英社文庫

AMEBIC

アミービック

この美しく細い身体で。華麗にそう華麗に。どうにか。こうにか。私は美しく愛をしたい。見てくださいよこの身体ほらー、細いでしょ？　もうんぬすごい曲線美でしょーこれ。ちょっと私は煙草を吸うんだけれども、ガムが邪魔でよくというかきちんと吸えないんだよ挙げ句の果てにくしゃみが三発。お前お前そのくしゃみよー、脳細胞ぶちこわしちまってねーかおいという協議は置いておいて振り返る。何故かと言えばずるずるだくだくになった私の鼻を少しでもファンキーにするためにまだまだもっともっとくしゃみを出さなくてはならないという事で私は振り返って電気を見つめるのだよ。何かタイミングとかノリとかわーってなってて何もかも分かんなくなっちまうよね。もう鼻水の嵐だよね。灰とか落としたね今。お前何時の間に煙草吸ってやがったんだあと言う人にはだから説明してあげるからしてあげるから落ち着いて。あのね、私はさっきからこの煙草に火を点りて吸っていたのだよと教えてあげる。ああティッシュティッシュ。鼻鼻。出てきた鼻水に向かっておまお前花粉とか含んだ粉じゃねーだろーなーって協議をしてああ入ってますと答えた鼻水を思い切り吸い込むこの快感ね。それにしてもまだまだ鼻の中に残ってる鼻汁がまったく嫌になるね私は。こんなんじゃいらいらして口の中がガムで一杯に！　なってしまうよ。お前はよう、そういう事を言うけれどさあ二の腕どうよ鼻水出てきたような気がしてティッシュを当てたら何かまだ出てませんけどー？　って言うからどうしようもなくて仕方なく戻ってきたってとこよもういい？　もう出していい？　何ってあんたガムだよガム。ああ、今出しました。すげくねー？　じゃあいいやまあ煙草吸いましょうという方向で。で、生きましょう。でガムだよガム。うめえとかそういうんじゃないからね。しかも低カロリーだからね。私は低カロリーだからね。だから低カロリーの物を食べるのは当然なんだよね。今膝に書類乗ってたけど下ろしただって邪魔だからさっきまで読んでたんだけどね。でもーそれがとてつもなく面白い書類でつーか原稿で、書き上げた時・ていうかもう最高だったね気分も何もかも。ていう時にじゃあ何で私がらりってるかといえば、皆が言うところの錯乱をしているかと言えば何故かと言えばだね。つまり、つまりって言い方すねけれどそんなん書き間違えると言い勝たぬになってしまうあものだし。でどこまでいったかっつーとねー今私ジンを飲んでるんだけどもちょっと気晴らしにビールでも飲もうかしらというしゃれた計らいで台所行ったんたけれども、何て言うか台所にはゆかだんぼうが入ってなくてていうか変換でゆかだんぼう出ないしね。ほんでほんでらりってアブサン持ってきたっつーのよー。しかもねー何か何か何ものかで割ろうかななんていう私の弱みにつけ込んでそこにサンッペッレッグリーノッがあったもんでそれを加えて飲み始めましたよ濁ったけどアブサン大好きー。しゅわしゅわって。しゅわしゅわってこれ。ほんで——今回転椅子をわーっと動かしてみたのね。私の気持ちとしてはもうさ、わーっと椅子にのったままがーっと私の蹴った力ににによってばーっと後ろに流れていくだろうという計らいよいやいや今カーソルがどっかいっちゃってとんだ騒ぎよまったく私ここに一つ宣言するよ私あなた達のこと好きさだから何か連合軍作りましょうよあんたたちがいれば何も恐くないと私は思うのよ拭いても拭いても何鼻水？　いやいや血だよこれ何で今ならああもう忙しい私はグロい映像見ないと落ち着かないんですよいつも。腕が飛んだりとかね。とか死体ってくねくねしてるね落ちてくとこなんかタコみたいだよしゃくりが止まらないので仕方なく携帯などを見ていた。しゃくりは今も変わらず私を苦しめている一体どうした事なのか。私のくしゃみが泊まらない。なんて事も、今まで胃ぢどももなかったはずだ、。そういうよりも、前に住んでいた部屋から見下ろした世界の事がとても懐かしいよ。この部屋は何だかとても住みづらくてまったくやーになるね。何だかちょっとしたはずみで。くしゃみをしてしまったけれど私は牛きているのである。らりり以外のものが、一体何を与えてくれるのか、私が彼にそう聞くと。まずまず〃ててにうわあああああああー。起床から十分、私は叫びながら持っていた携帯をベッドに投げつけていた。ばいんというスプリングの音がして一度ふわりと飛び上がり、軌道変更したそれは再び掛け布団の上に落ち、今度はばすという鈍い音をたてた。携帯は故障などをせず、まだ何語かも分からない言葉を流していた。ぎゃあああああー。耳を塞ぎながら怒声をあげてその言葉をかき消し続けていると、しばらくしてその言葉は止まった。何て事をしてくれたんだ昨日の私、私はこのような納得のいかない事柄に苛まれるのが一番嫌いなのだ。一体何故私がテロリストの殺害映像などというセンスの欠片もない糞ムービーを見なければならないのだ。一体何故知らない人間が首をカマで切り落とされているところ、大量出血、飛び出した目玉、生首などというものを見なければならないのだ。一体この映像に何の必然性があるのだ。そう考えながら頭を掻きむしると、湿疹が出たかのように体中がひりひりした。とりあえず冷静にならなければと思い、著しく不安定な三半規管に、視界までもがぶれそうになりながらふらふらとデスクの前に座り、スタンバイ状態になっているパソコンを起動させると、全面に改行のない、実に読みにくい文書が残っていた。それを読んだ私は静かに肩を落とし、今日の打ち合わせをキャンセル、もしくは延期してもらおうかと考えていた。

私には、意識が朦朧とするほど錯乱する事があり、その時に文章を書き残すという癖がある。それは数ヶ月前から始まった癖であり、最初の頃私はそれらを面白がり、どちらかと言えば楽しみながら読んでいた。しかし、それがしばらく続き、少し読み解いてみようと軽い気持ちで分析を始めると、自分に対して様々な不安を感じるようになり、最近では文章が残されているのを発見した日はとてつもない自己嫌悪に陥ってばかりだ。書いた時の記憶は一応の形として残っているものの、何故そんな事を書いたのか、何故そんな発想に至ったのか、全く理解できないのだ。錯乱は、同時に酒が入っている事が多く、そんな時は記憶の時系列がずれていたり、ほとんど記憶がない事もある。今回のものは、「ててに」などという文字で締めくくられていたし、文書名は「はきとし」となっていた。何でもいいから文書名をつけて保存しよう、そう思った事は覚えている。しかし、適当にぱちぱちと打ったキーが「はきとし」という言葉を作ったのか、それとも考えに考え抜かれた上で命名された、何かしらの意図がある名前なのか、それは分からない。そしてその文章を読み解いていくと、昨日の私は何やらグロい映像を見ないと落ち着かない、という人格に設定されていたらしいという事に気付いた。そうかだからテロリストの殺害映像が携帯に残っていたのか。という納得は出来るが、何故そんな人格に設定されてしまったのか、という根本的な理由は不明である。

携帯の映像を見て驚いた拍子にパックの側面を強く押しつぶし、こぼしてしまった飲み止しの野菜ジュースを、リビングの一角に脱ぎ捨てられた、いつ行けるかも分からないのに健気に洗濯機を待っている、いわゆる洗濯待ちの服の中から選び出した、一番害の無さそうな黒いシャツで拭いた。シャツはぐちゃぐちゃに濡れたけれど、予想通り黒いため染みにはならなかった。しかしそれを洗濯機の中に放り込みに行く気力はなく、ゴミ箱に投げ捨てた。染みにならなかったのに捨てるだなんて、少し悪い事をしてしまったような気がして、途端にシャツがとても可哀想に思え、軽い鬱に陥った瞬間、ゴミ箱から僅か十センチほどずれたシャツは、オフホワイトのクロスに赤い染みを作った。ファック！　しかし、こういう事はよくある事である。何かに、悪い事や八つ当たりをし、した途端にその物がとてつもなく可哀想に思え、しかしすでに取り返しがつかず、さらに惨い状況に自ら足を踏み入れてしまった事に気付き、自己嫌悪に陥る。私は何だか、そんなような事ばかりを繰り返しながら生きてきたような気さえする。子供の頃はその身震いするほどの自己嫌悪の激しさに驚き、それ以上に恐れをなしたものだ。今、私は物や人に対して感情的な八つ当たりをする事はないが、投げやりな態度を取り、自己嫌悪に陥る事はある。その対象が無機質な物体にまで及ぶというのは、いささか病的であるとも思うが。
打ち合わせ、どうしよう。今の自分に何かが出来る気がしなかった。立ち上がる事も、シャワーを浴びる事も、化粧をする事も、出来る気がしなかったし、他人と詰をするなんて、到底出来そうにないような気がした。野菜ジュース臭くなった手を嗅ぎながら、私はしばらく呆然と座り込んでいた。

しかしながらそこで足を踏ん張り、歯を噛み締め、涙を飲みながら打ち合わせに出かけたのは、偉い事だ。私は自分を褒めてやりたい。無遠慮な錯文、不可抗力で見てしまった殺害映像、そして赤い染みに傷つけられながらも立ち上がった事、偉業である。でも、褒めても赤い染みは消えないし、褒めても殺害映像はまだ私の携帯に保存されているし、パソコンにはわけの分からない文章が残っている。その事を考えると頭がぐるぐるととぐろを巻き、終いには再び自己嫌悪に陥った。だがしかし、外に出ている間、私は部屋に居る時より幾ばくか気楽でいられた。ホテルのラウンジで、打ち合わせの相手が頼んだコーヒーと一緒に出てきた砂糖の瓶の中に一点の黒色を見つけ、それが蟻であるのか、蚊の死骸であるのか、ゴキブリの足であるのか、延々悩んでいたからして打ち合わせの内容はほとんど覚えていないが、ある程度充実した打ち合わせも出来た。帰り際、蓋を開けて瓶の中をのぞき込むと、幸い黒い点はゴマだったたが。そして打ち合わせの帰り、私はある奇妙な小学生を発見したのだった。そのリュックを背負った少年は何やら地面を見つめ、大きく足を踏み出したり、かと思ったら小刻みに足を踏み出したりしながら、明らかに不規則に歩んでいた。それを見た瞬間私は、かつて子供であった時の、ある一つの記憶を一瞬にして克明に、鮮やかに思い出した。まるでその一瞬、私はその子供の頃の自分に、乗り移ったかのようだった。

小学校低学年の頃、私の歩行にはある特殊な法則があった。それはガードレールの足や電柱などの、道の両脇に立っている物が道路に対して真っ直ぐ倒れ、垂直に線を延ばしているものと想定し、そのライン上に足を乗せて歩くというものだった。電柱などの立っている物だけでなく、用水路の蓋の切れ目や溝なども、ラインとして認識された。ラインは途切れる事もあり、そんな時は出来るだけ大股で、早くラインへたどり着けるよう歩いた。ある日の下校時、ラインを考えながら歩いていると、道路標識の白いポールのラインに足を置いた瞬間、黒いコートを着た大人の男の人と、私はぶつかった。男の人は振り返って私を見つめた。お気に入りだったチョコクッキー色をしたワンピースの裾がほんの少しまくれ上がっている事に気付いたけれど、私は何故かそれを直す事が出来ず、一度ワンピースに視線を落とした後に、また彼を見上げた。彼は立ち止まった私の脇まで来て、まくれ上がった裾を直した。その瞬間、彼の手が私の太ももに触れた。私は黙ったまま早足で歩き出し、一度も振り返らなかった。歩いている途中、心臓がどきどきと強く震え、眼球が乾いてひりひりした。そして何故かそこは熱を持っていたのを覚えている。その時住んでいた、オレンジと茶色のタイルが入り交じった、目に悪そうな色彩のマンションの入り口に着いて初めて、私は息をしたような気がした。とても嫌な気分で、悲しくて、寂しかった。とても自分が、一人だと思ったのだった。何故そのような時に孤独を感じたのかは分からない。その悲しみは、きっと誰かに話しても分かってもらえないようなラインに対するこだわりと、その男の人に触られた時の嫌な感じを、人に話さないだけの知恵を持っていたからこそだったのかもしれない。そんな、人に話しても分かってもらえないような悲しさや寂しさや嫌悪を感じる事が、私にはいまだにある。いやむしろ歳をとる毎に、それは増えているかもしれない。彼に悪意があったか、善意だけであったのか、私には分からなかったが、悪意があっても悲しくて、善意だけであったのなら、彼にしてしまった事が悲しかった。そんな、単純でにっちもさっちもいかなくて、実際にはどうでも良いと思えるような悲しみが、強く在るのだ。在る。それらは完全に、完璧に存在する。在るのに、人には伝わらない。それは私の中にただただ吸収される。

もしかしてこいつは、私が子供の頃に実践していたライン踏みをしているのだろうかと疑念を持ちながら、少年の真後ろについて歩いた。少年は不規則な歩みを続け、時折立ち止まる事すらあった。私は苛立ったりその子を殴ったりせず、彼が立ち止まった時はそれに合わせて立ち止まった。どうやら、私のやっていたライン踏みとは若干法則が違うようだったが、彼が何かしらの法則を自分で作り上げ、それに忠実に歩いているのは明らかだった。親近感も嫌悪感もなかったけれど、ただただ、同じような事をする子供がいる事に驚く、というよりは純粋に感心していた。そして、自分が子供だった頃のあのライン踏みもこれほどまでに不自然なものであったのだろうかと、記憶を巡らせた。交差点で、少年と別れた。青になった横断歩道を、まだ不自然に歩いている少年の後ろ姿を見送り、しばらくぼんやりと横断歩道を見つめていると、無性にラインの上を歩きたくなった。しかし、人に伝わらない悲しみを幾多も乗り越えてしまった私は、すぐに頭に浮かんでしまった空想のラインを消した。本当は、悲しみを乗り越えている事にしているだけで、実際のところ苦虫を噛み潰すかの如く、無理矢理咀嚼し、便秘よろしく消化不良のまま腸にため込んでいるだけかもしれないが。

家に帰ってコートを脱ぎ、ああ今日は久々に外に出たなあと思い、疲れた疲れたと言いながらソファに横たわった。それにしてももの凄い虚脱感。体が宙に浮いているような気がしてしまうくらいの虚脱感、そして虚無感である。どんどんと下がっていくのが分かった。私が仕事をする上でとても大切な、テンションというものが。

「虚無ねえ」

呟くと自分が馬鹿になったような気がした。ソファに横たわったままぐいと頭を傾けると、ゴミ箱の脇についた、赤い染みが目に入った。虚無ねえ、もう一度呟いてみた。今朝の事を思い出すと、虚無というよりも自分自身がまっさら、真っ白になってしまったかのような、そんな気がした。

仕事は、明後日締め切りのものが一つあるだけで、後はしばらく余裕がある。虚無に身をゆだねてみようと思ったら、少しだけ楽になった。しかしそれもつかの間で、しばらくの後、私は帰宅してすぐに飲んだ真っ赤な野菜ジュースと未来への希望とを床にぶちまけていた。真っ赤なジュースは、少しずつ広がった。今ここに誰かがやって来たらどう言い訳をしようと思い、あたふたしていると、急に眠くなった。ジュースをどうにかしようと思って床に手をついた瞬間、床暖房が入っている事に気付き、がしかし時すでに遅しというやつでその温かさに、どうやらやられてしまったようだった。それから、ここに来る人間など、彼以外にいないという事を思い出した。倒れるようにリビングから続く寝室のベッドに入ると、足が痛かった。寝室のドアを開けた瞬間、壁かドアかソファの足か、どこかに当たってしまったようだった。ベッドの中で目を閉じていると、胃が痛くなった。満身創痍だ。私は満身創痍である。もっと何か、首が飛んでいたり血まみれだったり、周りの人間にも分かりやすい満身創痍だったら、少しは報われていたのかもしれない。ああこの体は、私の知らないところで、管理外のところで、一体どうなってしまっているのか。思い通りにいかない体を震わせて泣くと、虚無だあという言葉がほむはあと聞こえた。ああ分離していく私たちが、とてつもなく愛おしいのに。

目覚めてすぐにテレビを点けると、画面の右上に四時二十五分という文字が出ていたので、つまり六時間眠ったらしい。気分は最悪で、しかもリビングに出た途端赤い染みを見つけた。さっきの吐瀉物というか野菜ジュースというか吐瀉物が床暖房のせいで乾ききってしまっていたのだ。乾いているそれは、何かぱさぱさとした質感を思わせた。掃除をしなければならないと思いながら、私はその場にへたり込み、染みに触れた。温かかった。

それは、さっき私の胃から出てきた時のように、温かかった。床暖房は、私の体の一部なのかもしれない。そして私から出てしまったものをも、慈しんでいるのかもしれない。ソファに座り俯いたまま煙草をくわえ、それに火を点けた。じゅという音をたててそれは赤色を纏い、煙を吸うとそれは肺に入った。素晴らしい。私の体は機能している。吸いたい物が吸える。それはまだ、私の体が私の体である証拠だ。しかし私の体は一体何を求めているのだ。私が求めたはずの野菜ジュースでさえ私の体から出て行った。ああ皆、私を置いて出て行く。私の体を置き去りにする。テーブルの上の、空になった野菜ジュースのパックを投げ捨てると、次々とサプリメントの蓋を開け、取り出した粒達を口に放った。彼らは私を裏切らない。胃の中が少しだけ落ち着くと、仕事をしようとデスクに向かった。仕事はあまり、というより全くはかどらず、しばらくすると私はパソコンでソリティアをやっていた。いつもの事だけれども、気を抜くといつもソリティアをやっている。私はいつも、仕事をしなくてはならない時ほどソリティアをやる。それを自覚しながらソリティアをやる事は、苦痛以外の何物でもない。ソリティア、仕事、錯乱。それらはほぼ、部屋の中で行われる。昨日打ち合わせに行った時は、二十歩歩いただけで息切れがした。しばらく引きこもっていたせいか、はたまたしばらくサプリメントを飲み忘れていたせいか、体が弱っているようだった。私が引きこもるのは、私の仕事が自宅でこなす仕事であって、その仕事がまた繁盛していて忙しいからである。全く。生きるために必要な仕事というもののために、生きる時間を割くという事は、とてつもなく儚く、切ない。生きていけるだけの金が稼げれば良いと思っていたけれど、金が入れば入るだけ生活レベルは上昇を続け、依頼も増え、双方の一致した利害関係を考慮した結果結局仕事漬けの毎日を送るという図式である。こんな私ではあるが、もしくはこんな私であるがゆえ、かもしれないが、外に出ると私はひどく陽気になる。昨日、様々な事に傷つきながら、何とか落ち着いた状態でいられたのも、打ち合わせ、というか外出のおかげであったのかもしれない。もしかしたら、ずっと外で生活をしていれば、錯乱などしなくなるのかもしれない。ソリティアを一時中断し、野菜ジュースを飲みながら、あの殺害映像を思い出していた。思い出すと、まだ鳥肌が立つ。全く、不可抗力で酷い思いをさせられたものだ。やはり削除しておいた方が良いだろう。そう考えて携帯を開くと、一件の着信が入っていた。それは彼からで、つい三十分前に掛かっていたものだった。もう眠ってしまっただろうか、メールにした方が良いだろうか、そんな事を考える前に発信していた。何故三十分前の着信音で起きなかったのだろう、それだけを悔やみながら。

「もしもし?」

「ああ、ごめん。寝てた?」

「さっき起きたところ」

「待っていなきゃならない原稿があって、暇だったから掛けただけなんだ」

「そう。忙しいの?」

「うん、まあ、いつも通り」

これから部屋に行ってもいいか、という電話でなかった事に少なからず落胆しながら、次の言葉を探した。暇だから電話を掛けたという割には、彼には特に何かを話し出す雰囲気はなかった。

「ああ、そうだ」

「何?」

「私ね」

「うん」

「昨日、子供の頃の事を思い出したの」

「どんな?」

私はラインの歩行について話した。こんな事を話して良いのだろうか、という不安もなくはなかったが、話し出すと止まらなかった。ラインの法則の説明は難しく、話している途中、彼は何度か詳細な説明を求めた。だから、つまり、ポールとか、電柱とか、溝の蓋とか、溝の蓋って？　だから、何か水が流れてるドブみたいなところの蓋。ああ、蓋ね。で、蓋の溝って？　などというやり取りをしている内に、大したオチもない事を思い出し、不安は大きくなった。知らない大人の男の人がまくれ上がったワンピースの裾を直した事。嫌な気持ちになった事。その日帰宅した後、点いているテレビにも集中出来なかった事。母も父も、変わらずいつも通りだった事に、奇妙な違和感を覚えた事。とっても孤独だった事。何だかその何でもない事から生まれた悲しさや寂しさをきっかけに、自分がそれまでの自分でいられなくなるような不安を感じた事。それらを話し終えると、彼は何とも言えない空気を電話越しに漂わせた後、「へえ」と言った。

「まあ、思い出したのよ。そういう事を」

何となく恥ずかしくなり、言葉を濁すようにそう言った。

「ラインを歩くのが好き、ねえ」

「好きだったんじゃないわ」

「何か、可愛いね」

「自己暗示よ。強迫観念よ。小さい狂気よ。可愛くないわ」

「狂気ねえ」

彼は、私のラインの話を正確に摑めなかったらしい。その事に、私はどこかで安堵していたような気もする。いやどこかで、悲しかったような気もする。ラインの話から、彼が今日乗ったタクシーの話に切り替わった時、私はでも少し、安心していた。そのタクシーはウィンカーを出さずに大通りを左折し、隣を走っていたバイク便にぶつかったのだという。運転手同士が喧嘩してね、少し微笑んでいるような、穏やかな口調で彼は話した。

「その男には、悪意があったんだと思う」

彼はそろそろ仕事に戻るねと言った後、じゃあねと言う前に、何かを思い出したかのように短い間を取り、そう言った。

「君は子供の頃から可愛かったんだろうからね」

「……そうね」

「ええ。そうね」

電話を切った後も、彼にラインの話をした事が良かったのかどうか、分からなかった。

いや、どっちでも良かったのかもしれない。別に。そして電話を切ってしばらくした時、あのライン踏みの日の夜、就寝前のトイレに行く途中、開いている洗面所のドアから風呂上がりの父親がパジャマ姿で歯を磨いているのを見て、むらむらと湧き上がる嫌悪を足先から感じた事を思い出した。その嫌悪は強烈で、狂わされる、私はそんな危機を感じた。くすぐられた時のように、体中がそれに抗おうとばたばた暴れ出してしまいそうなのに、足がすくみ、じわじわと、足先から痺れていった。嫌悪に顔を歪めながら、私は長い時間を過ごしたような気がしたが、父親が私に気付かなかった事を考えると、それはほんの一瞬だったのかもしれない。何故自分がそのような強烈な嫌悪を、何故足先から感じているのか意味が分からず、昼間の孤独感といい、その時のおぞましい嫌悪感といい、それらの特異な感覚に、自分はエイリアンではないかと本気で考えた。あの嫌悪が、何に向いていた嫌悪なのか、私には全く分からなかった。昼間の男、父親、どちらとも言えるような気もしたが、もっと正確には、世界中に在る全ての物に向いているような気がした。それはもしかしたら、憶測だけれど、自分自身とそれ以外の物を区切る境界線がぶれた時に起こる現象なのかもしれない。だから自分からとても遠い位置に居る昼間の男の人、そして近い位置に居る父親、二つの関係性の中で自分軸がずれたのかもしれない。私は別に、他人によって存在させられているというわけではないというのに。自分一人で、一個人として存在しているというのに。足先からの嫌悪、他人に理解してもらえない孤独感、私は今でもそれらを感じる事があり、いまだその嫌悪が何者なのかはっきりとした答えを持たず、孤独感を解消する術なども持てていないが、自分が人間であると言い切る事が出来る。しかしそれは不幸な事であるのかもしれなかった。私が人間でなかったら、もう少し私は色々な事を簡単に片づける事が出来るのではないだろうか。私は今、自分がエイリアンではないかと本気で考える事が出来ない。本気で、私はエイリアンではないかと、私は考えたいのだ。

不規則な歩行をする少年を発見してから数日後、私はまた新たに保存されていた錯文を読んでいた。げんなりしてもう読みたくないと思った節もあったが、とりあえず最後まで読んだ。この夢日記のような文章は、自分自身でも気付かなかった己の深層心理などというものを映し出すものではなく、ただただ知ってるよそんなの知ってて知らないふりをしてるんだよ分かってよという事柄ばかりが書かれている。ひどく頭が痛い。アスピリンを唾液で飲み干すと、それが再び口の中から飛び出してくる事がありませんようにと祈った。

早く、一刻も早くアスピリンよこの体内で溶けてくれ。そしてこの頭の痛いのをどうにかしてくれ。本来であれば私自身がどうにかしてやるべきなのだろうが、私自身にアスピリンのような効用を持った物質がないので、それは仕方のない事であるのだ。私の思考は至って冷静である。常に、いつも冷静である。まともであるからして、錯乱し、自己嫌悪に陥り、記憶や思考を巡っている内に憂鬱になり、精神科に通うというのは当然の事なのである。まともな人間が精神科に行くという図式は私の中できちんと出来上がっている。何かしらの影響、傷を受けた時、人は落ち込み、時に錯乱をし、自己嫌悪に陥った末、その影響や傷について追究し考察を重ねていく内に、思考はマイナスの属性を強く持つゆえに、憂鬱になる。そして精神科に通い、薬によって元気になった人間は誰かに負の影響や傷を与え始めるのだ。食物連鎖のようなものである。マイルドな弱肉強食と言っても良い。こっちにはまだまだ説明する用意はある。理路整然と説明が出来る。しかし何故錯乱し、錯文が書かれるのかという問題についてはまだ追究の余地がある。そしてそれは類推するにとても複雑だ。しかしながらここで思考を止めてしまっては何も解決しない。私は考える事を選んだ。考える事を選び続けてきた。というよりも、錯乱について考えるのを止めたところでじゃあ他に何をやるのかという問題がある。だから私はまだまだ考える余地はあるなどと、強がってみせるのだ。そういう強がりを言ったりしたりしたい、そんな年頃でもあるのだ。考える余地はある。まだある。気が遠くなるほどにある。永遠にあるのかもしれない。それはとても、嫌な事ではあるのだけれど。私は、読み終えて直ぐに閉じてしまった文書を、再びクリックした。二度読み直したところで、やはりこの文書に大した意味はないという結論に達した。全く意味のない事に時間を費やしちまったぜ、そう思いながら、しかしまだ、私には考えるべき事があるような気がしていた。文章を分析するのではなく、錯乱していた自分の記憶を頼りに何か考えをまとめようと思い、わずかに思い出される映像や感情の動きを掘り下げていくと、どんどん憂鬱になっていくのが分かった。意味の分からない文章によって訳わからん、という苛立ちが生まれ、しかし憂鬱が勝り、私の苛立ちや怒りというものは鬱積されていくのだ。自己嫌悪然り、自責の念然り、自分に向かって様々な嫌な思いが巡る。考えるのは家でない方が良い。家に居るとまた、考え過ぎた挙げ句に錯乱したり、酒を飲み過ぎて錯乱に歯止めがきかなくなってしまったりして、蟻地獄に陥る恐れがある。私は短時間で身支度をして、身軽な形で外出した。そしてその頃には既に、昨日の錯文などよりも、楽しい外出への期待を胸に抱いていた。このような持ち前の気質に、私は感謝すべきかもしれない。

外には色々なものがある。家にはない木がある。家にはないドラッグストアがある。家にはない犬が散歩をしていたりする。家にはない人がたくさん居る。家にはない風がある。家にはない排気ガスがある。外には色々なものがある。そんな事は元々知っていたけれど、よく引きこもりをする私は、二、三日ぶりに外出をすると様々な物を発見した振りをする。そうでもしていないと、引きこもっていた時の自分を卑下してしまうからである。歩みという久々の運動に動悸が激しくなり、一瞬立ち止まりそうになるが、負けそうな体を精神で制し、足を踏み出す。電車に乗りたいと思い、駅に向かった。電車に乗るのは本当に久しぶりで、自動改札機の前で立ちつくしてしまった。自動改札機の存在を知らなかったわけではない。かつて、毎日のようにそこに切符や定期などを差し入れていた事もある。しかし長らくの引きこもり、そしてタクシーでの移動に慣れてしまい、電車に乗るのに切符が必要だという事だけを、ぽっかり穴が開いたように忘れていたのだった。後ろに居たサラリーマンに迷惑顔をされながら振り返り、切符売り場へ向かった。幾らだろうと上に掲げられている料金表を見上げ、行き先を決めていなかった事を思い出した。久しく行っていなかった新宿にしてみようと思い、百数十円の切符を買うと、自動改札機にそれを通した。電車を待っている間、ホームからの景色を眺めていた。パチンコ屋や、ラーメン屋の看板、本屋の窓に貼られたポスター、様々な物がひしめき合っていて、何だか少しうるさいような気がした。普通に地面を歩いている時、私は大抵一つの物しか見ていない。見ている物は道路というのが一番多いが、時にそれは本屋になったりラーメン屋になったりパチンコ屋になったりすれ違う人になったりする。しかしそれらを一度に見ると、その雑多な景観に脳が驚嘆し、体の端々から力が抜ける。しかし別に私はそこに倒れ込んだりへたり込んだりしたわけではなく、ただただ良い場所にあったベンチに体を受け止めてもらったというだけの事であった。しばらくすると電車がホームに滑り込み、キキという音をたてて停車した。開いたドアは無数にあったけれど、私は自分が座っていたベンチから見て若干右側にあったドアを選んだ。選んだ、というのはそこから乗り込んだ、という事ではない。私は右側のドアを選んだけれど、左側のドアから乗り込んだのだ。選んだ場所から乗らない自分の反抗的な性質にはほとほと嫌気がさしたが、それは今更言っても仕方のない事だ。だって今から、やっぱり右の方が良かったなだって最初に選んだんだから、などと抜かし、ドアを出て選んだドアから乗るとしたらきっと、私はドアに体をはさまれてしまうか、駆け込み乗車は危険ですと言われてしまうかするのだろう。電車の中というのはとても忙しく、次から次へと窓に景色を映すし、人はたくさん居るし、アナウンスが流れるし、大変な場所なのだけれども、それ以上に何が問題かと言えばそれらのどれもそんなに面白くないというところである。私は何も楽しくないまま、電車は新宿に着いた。

新宿駅の混み方といったら半端ではなかった。混んでいなかったら新宿ではないが、それにしても凄い混み方だった。今日は金曜日だったかなと思うけれど、私の頭は正確な曜日を示し当てる事が出来なそうで、仕方なく携帯を開くと水曜日と出ていた。改札を出て地下道を歩くと、服屋や汚い喫茶店等の間に、一際白い一角があった。そこには献血ルームと書かれた置き看板が出ていて、ああ献血ねと思いちょっとのれんをくぐってみようではないかと足を踏み入れたのだけれど、そこにはもちろんのれんなどなく、いらっしゃーいという声もなかった。そう、もちろん蕎麦つゆや天ぷらの臭いも。受付で献血を、と言うと看護婦のような格好をしたおばさんは不審そうな顔をして私を見つめた。

「あなた、痩せすぎね」

「痩せていると献血出来ないんですか?」

「四十キロ以下は無理です。体重は?」

「四十です。前に献血した時測ったら四十でした。倒れませんでしたよ」

看護婦は顔を斜めに傾けて、また不審そうな目をした。

「ちょっと、問診の前に体重計乗ってもらっていいかしら?」

「ええ」

看護婦に促されてカーテンの奥に入ると、そこにはたくさんのベッドが置いてあり、その上に寝ている人も居た。おしなべて腕からチューブを伸ばしている。皆、血を抜かれている途中らしい。看護婦たちは忙しそうにしていた。そんなわくわくする風景を眺めながら、また看護婦に促されてコートを脱いだ。私は献血が大好きである。血を抜かれるだなんて、とてもどきどきする。

「あ、私、今日は四百ccに挑戦したいな」

「四十キロから五十キロの方は二百ccまでです」

「じゃあ二百で我慢します」

「あなた、四十キロありませんよ?」

体重計に乗った私に向かって看護婦が言った。そしてだめですね、と言葉を続けた。

「え」

「三十二キロですよ。服を脱いだら三十キロ前後ですよきっと。二百も四百も成分献血も全血献血も、四十キロ以下の方は出来ないんです」

「私健康ですよ?」

「ええでも危ないですし、決まりですから」

「私の血は身が詰まっているので、大丈夫です」

「それはちょっとよく分からないんですけど、無理です。ね?」

「ああ、無理」

　声を掛けられたドクターらしき男が私を一瞥して言った。楯突く事はしなかった。新宿では、ちょっと奇声を上げただけで警察が飛んでくるのだから。それも、私服であったりするのだから油断ならない。警察沙汰というものは、私が最も恐れるものである。警察自体は恐くないけれど、警察沙汰というものは恐ろしい。何しろ、裁判になったり、裁判中に似顔絵を描かれたり、似顔絵を描かれるのが嫌で挙動不審に俯いたり顔を背けたり、裁判官に怒られたり、だってこの人私に断りもなく私の似顔絵を……と言ったり、精神鑑定を受けさせるべきだと言われたり、弁護士を雇ったり、弁護士に体の関係を迫られたり、執行猶予を求めたり、執行猶予二ヶ月って何か微妙とか言ったり、懲役を宣告されたり、男性看守には犯されたり、女性看守にはゲイの関係を迫られたり、様々な事をされたりしたりしなければならないのである。今の私がそんな事になってしまったら、少なからず発狂するだろう。何しろ刑務所というのは、百姓の気持ちを考えろという思想の下にご飯を残せず、アフガンの子供の気持ちを考えろという思想の下に飲み物を残せず、歯槽膿漏の人の気持ちを考えろという思想の下に歯磨きをさぼれず、サプリメントなんて上品な物飲んでんじゃねえ飯食え飯という思想の下に独自に調剤したサプリメントを飲めないところだと聞く。全く野蛮極まりない。そのような状況に置かれたら、私は本当に発狂して発狂したついでに怒りの余り死んでしまうかもしれない。

　献血ルームを出ると、何か面白い物や事はないかと、辺りを見回しながら歩いた。歩く歩道を見つけてつい衝動的に乗ってしまい、二十五メートルも道を戻ってしまった。そこでまた私は自己嫌悪に逆戻りしてしまう。泥酔や錯乱をした次の日と同じ自己嫌悪である。しかも、今日は泥酔錯乱した次の日で、その上来た道を戻ってしまうというこの大失態である。しかもよく考えてみれば、その上献血を断られている。ああ全く落ち込むぜ。徘徊作戦を中止し、家に帰ろうと思った。ああ早く、家に帰りたい。家でも外でも自己嫌悪ならば、錯乱しても何とか収拾がつく家の方がまだましだ。何かをやらかすのではないかという不安を持ちながら外に居るだなんて、耐えられない。

「家まで」

コートの裾を気にしながらタクシーに乗り込み、そう言うと、運転手が怯えと困惑の混じり合う目でこちらを見つめた。

「あの、家、は、どこですか?」

「ああ失礼しました。とりあえず六本木の方に」

「あっ、はい」

全くまた、とんでもない失態である。家まで。などと訳の分からない事を言ってしまった恥ずかしさの余り、六本木に家があるという虚言を吐いてしまった。本当の私の家は、青山にあるくせに。もう私は、今誰かに失態大魔王というニックネームをつけられたとしてもそれに対して論理的に反論する事は出来ないだろう。また自己嫌悪である。しかし、まあ、言ってしまった事は仕方ない。気分を変えてショッピングでもして帰ろうじゃないか。そう思い直し、六本木ヒルズに行ってください、と言うと、運転手はまた「あっ、はいっ」と歯切れの良い返事をした。走り始めて二十メートルで渋滞にはまり、あーあーラッシュアワーサタデイナイトフィーバーだな全く、と呟くと、運転手がバックミラー越しに私を見つめた。

「え、何か?」

「あーいやーお客さん細いですねー。モデルさんとかですか？」

「いいえ」

「やーもうさっき後ろから歩いてきたでしょう？　僕バックミラーで見てびっくりしたんですよ綺麗な人だなーって」

「そうですか」

「今日はお仕事ですか？」

「ええまあ」

「お仕事、ですか。お仕事大変ですかー？」

「ああ、そうですね」

「お客さん、お仕事何なされてるんですかー？」

　何て不躾な運転手なんだろうと思い、名前を覚えてやるという計らいでちょっとだけ腰を浮かすと「蒲田嶽徳」などという難しい名前であった。というよりも、何故読み仮名を書かないのだろう。私は憮然として座り直した。

「パ」

「パ？」

「パティシエ。です」

「パティシエ、ですか？　あの、お菓子を作る？」

「ええ、そうです。洋菓子を作る」

「へえー。珍しいですねえ。そういう人ってもっと太ってたりするんだと思ってましたよ」

「まあ、女性のパティシエが増えてきたのも、最近なんですけどね」

「でも、大丈夫なんですか？　そんなに細くて」

「ええ、まあ」

「いやー、それにしてもお客さんモデルさんみたいだなー」

　自分がまた虚言を吐いた事にも驚いたけれど、それ以上に嘘のお仕事がパティシエである事にも驚いた。何故そんな虚言を私は、吐いてしまったのだろう。無意識の企み、だろうか。その企みについて考えがまとまる前に、結論が出る前に、私はそのタクシーに乗っている間だけ、ある女性になりきろうと決意した。彼の婚約者である、六本木に住んでいる、二十九歳、パティシエの女性に。

「パティシエさんて、どっかのお菓子屋さんで働いてるんですか？」

「ええ、去年友人と一緒に独立して、洋菓子と紅茶の専門店を出したんです。友人がオーナーで、私はチーフマネージャーで」

「へえー。景気はどうですか？」

「上々ですよ。カフェの方も繁盛しているし、最近では雑誌にもよく取り上げられてて、ホールケーキの予約はかなり先まで入っていて」

「へえ、雑誌。よく見ますよね。スイーツ、って言うんですか？　僕なんか全然行った事ないけど。今度うちのと一緒に行ってみようかな」

「奥さんも喜ばれると思いますよ」

「パティシエさんて、本当に海外に勉強に行ったりとか、するんですか？」

「ええ。私も短大を出た後フランスに二年間研修に行きましたよ」

「へえー。格好いいですねえ。僕も格好いい仕事して六本木に住みたいなあ」

「いいところですよ。広尾には美味しいレストランもたくさんありますし」

食事など摂っていないくせに、自分がそんな事を言っているのが可笑しかった。しかし、今私がなりきろうとしている女性は毎日スイーツ作りに勤しみ、ほぼ毎日イタリアンかフレンチを食べているはずだ。全く愚かしい人間だが、実在するのだから仕方ない。いや、何が仕方ないのだ。私は何故その女になりきろうとしているのだ。自分に対する不信感と疑問を全く消化できないまま、しかしこのプレイが与える快感に、足を突っ込み始めていた。

「彼氏とかいるんですか？」

「ええ。来月結婚するんです」

「へえー。でもお客さんまだ若いでしょー？」

「二十九です」

「ええ？　本当に？　てっきりまだ二十歳前後だと思ってました」

「そんな事、ないですよ」

どこかで、とてつもない高揚を感じていた。私は今、今だけ、あの女である。彼に愛されているあの女だ。ああこのまま、私の嘘が本当に、真実になればいいのに。幾つ歳をとっても構わない。この嘘が彼女との歳の差と引き替えに、本当になればいいのに。

けやき坂の途中で車を止めてもらった瞬間、足元に波が押し寄せ、足の裏の砂が少しずつ海水に持って行かれる時のような感触が、胸元を涼しくさせた。私の心臓の裏にあった砂が持って行かれたようだった。心臓は弛緩し、またタクシーに乗る前と同じように、私自身すらもだらしなく弛緩させた。ふにゃふにゃになった私は、とりあえず暖まろうと思い、森タワーに向かった。さっき私が演じていたパティシエの女が、どこか建物の中に居るのではないかという思いがあった。一度、彼の携帯の画像を見せてもらった事があったけれど、それは遠い昔の話で、記憶は曖昧だ。すれ違ったとしたら、私は彼女を判別する事が出来るだろうか。いやしかし、判別出来たとして私は彼女に声を掛けるのだろうか。それとも、ただただ見つめるのだろうか。それとも、尾行などをするのだろうか。どれも、しないような気がした。私はただすれ違うだけだろう。何かしらのアクションを起こすような事は、しないのだろう。だって私は彼女とは無関係の人間で、大して関係を作りたい、持ちたいなどという事は考えていないのだから。私が築きたいのは、さっきまでの私、つまり彼女が来月結婚をする、彼との関係だけだ。ああさっきまで、彼女は私だったのに。今はもう、愛する人の愛する人でしかない。リアン。歌うようにそう呟くと、私に向かって風が吹いた。風はいつも私だけをターゲットにして、私だけに向かって吹く。他の人が受けている風を、私は感じる事が出来ない。私は、私に吹く風しか感じられない。それは途方もなく無力な事だ。人間は皆、他人に吹く風の冷たさや強さを感じられない。ガラスのドアを開くと、暖かい風が溢れ出した。暖かい空気、暖かい音楽、暖かい明かり。その中を、当てもなく歩き出した。すぐに、その暖かい雰囲気に、自分が不釣り合いである事に気付いた。その違和感に、生まれて初めてのジンマシンが出そうだった。暗い方へ暗い方へと歩いて行く内に、次第に自分に見合った空気が漂い始めた。間接照明の暗い店でドラムンベースを聞きながら、二枚のカットソーと一枚のパンツを買った。そして、弱い白熱灯の店でアシッドジャズを聞きながらエスプレッソのシングルを飲んだ。一人で小休止をしている客は私だけで、皆カップルや友人同士でパスタやサイドメニューを食べていた。皆、とてつもなく気持ち悪い生き物に見える。生きるために食べる人間の、何と滑稽な事よ。何と醜い事よ。私は三歩譲ってエスプレッソを飲んでいるのだ。せめて飲み物主食で生きればいいものを。彼らは何故、がつがつと物を口に入れるのだろう。私はこれからもずっと、飲み物、サプリメント、薬、時折たくあんや胡瓜の漬け物をかじって、生きていたい。油の固まりのようなてらてらした食事を頬張ったり、血が滴りそうな、いやもしくは滴っている生き物の肉を噛みちぎったり、惨めったらしく魚の骨を抜いてちまちまと肉を口に運んだり、カロリーがどうだのこうだのコレステロールがどうだのこうだの言いながらお菓子、いや、スイーツを頬張るような生き方はしたくない。みみっちい。惨めったらしい。醜い。３Ｍである。３Ｍの仕事には就きたくねーよなー、と言われるこの世の中であるのに、どうしてこんな事がまかり通ってしまうのだろう。ただ生きていられるだけの栄養分があればいいくせに。本来であれば食事などという娯楽にかまけている暇などないだろうに。食事が洒落た行為であるなどという流行の思想に踊らされるだなんて、全く情けない。流行に便乗し、食事という快楽におぼれ、肥という堕落に気付かず尚も食べ続ける者たち。ああ愚かしい。本来ならば食事などよりも自己啓発等に力、時間共に費やすべきなのに。どうしてこんな事がまかり通ってしまうのだろう。この肥えて肥えて肥えまくった人々や社会は、完全に勘違いをしている。飲み物だけにとは言わない、百歩譲って粗食ならまだ許せる。しかし何故ここにきてイタリアン、フレンチ、ハンバーガー、などの食事をとるのだ。ファストフードで食べる三十分。イタリア料理屋で食べる一時間。フランス料理屋で食べる二時間。居酒屋で飲み食いする数時間。サプリメントならば、毎日一分なのに。私は、デブが汗をかいているところを見ると踊り狂いそうになる。その、自らの生に対しての思いこみ、勘違いの激しさに。デブ、創作料理、ダイエット薬、スイーツ、脂肪吸引、ファストフード、スローフード、堕落の象徴である。食事で人としての欲求を満たす。余裕のある食事ほど良いとされる。全くひどい話である。私は絶対に、死んでもパティシエなどにはならない。私には関係ないが、全くもって愚かしい人間である。

隣の隣の席に座ったカップルの男が、ルッコラ、タマネギ、サーモンの載った皿にフォークを伸ばしている。サーモンの表面はと言うと例外なくオリーブオイルがかかっていて、ぬらぬらとした光を放っている。それを頬張った男を見て、ウンコの流していないトイレの個室に足を踏み入れてしまった時のようなばつの悪さを感じる。男の口はもぐもぐとサーモンを咀嚼していて、その唇ではオリーブオイルが光り、そのうえ顎に向かって一筋その油が垂れていた。飲んでいたエスプレッソが胃液と混じり合った形で口から出てきそうだった。ここで吐いたら皆が汚いと思うのだろう。しかし何故、オリーブオイルのかかったサーモンを食べ、口から油を滴らせている男ではなく、この私の方が汚いという事になってしまうのだろう。私は何かひどく、嫌な思いをさせられたような気がしていた。

夜十時を過ぎると、ヒルズの店内は次第に寂しい空気を醸し出し始め、レストランやバー以外は次々と閉店していった。それでもまだ人数は多く、少し六本木界隈を歩こうと駅の方に歩きながら、その辺りを歩いたり立ち止まったり座ったりしている人たちを見た。彼らの大体が、九十九パーセントの人が、いやもっとかもしれないが、ほぼ全員が無駄な肉をつけている。皆、デブである。皆、無駄な物を食べているからだ。彼らを罵倒する術は持たないが、せめて神聖な私の寝室に足を向けて寝ないで頂きたいと、ただ思う。この無駄飯食いの豚めが。本心はそうなのだけれど、そんな事を言っても、レストランは閉店しないし、コンビニにはお総菜や弁当が並ぶし、皆おしなべて牛丼が食べたいと言うのだろう。デブを見下しているようではあるが、実際のところ私は、この世に生きる全ての人間を見下しているのだ。私には自分という横軸が一本あり、自分以外の人間は皆、自分軸より下なのだ。ただ唯一、彼を除いては。歩いている途中、本、と書かれた看板が目に入り、私はそこに足を向ける。本屋やCD屋は食べ物の臭いがしない。食べ物を求めている人もいない。本屋は、紙とインクの臭いがする。一時間ほど立ち読みをし、物色をして、かなり厳選したはずなのに十冊以上も本を持って帰る事になってしまった。配送はしてくれないのかと聞くと、極めて事務的に出来ませんと言われ、嫌がらせにレジ際に置いてあったプラスティックのブックマークを一個買い、十枚の領収書を切ってくれと言った。露骨に嫌な顔をした店員に、爪をカチカチとカウンターに叩き付け、苛立ちを表現してやった。配送が出来ないのはまだいいとしても、店員の二重顎が気になって仕方なかった。ウンコや吐瀉物を、つい眺めてしまうのと同じである。私は巨漢を見るととても嫌な気分になるのに、見るのを止められなくなる時がある。「蒲田運送」「映像研究大学映像研究学部映像研究学科経理部」「イブプロフェン配合科」「グローバルユニバーサルレコーディングスタディオワールドワイドジャパン、あ、前株で」「萬屋広報部」「西麻布熊手研究所」「服部短期大学下町風虎魚料理研究調理栄養学科」宛名を七つ言った所でいい加減面倒臭くなって、しかもネタも尽きてきて、しかも二重顎を見るのも飽きて「後は無記名で」と言うと、店員は無愛想に十枚の領収書を手渡した。たまにはクラブにでも行って久々に踊ろうと思っていたのだけれど、本が重く、しかも本屋を出てすぐ立て続けにキャバレークラブのスカウトに声を掛けられ、うんざりしてタクシーを止めた。青山の方へと言い、私はまた、例の女性の仮面を被った。

「青山にお住まいですか?」

「いえ、六本木に住んでいるんですが、今日はお友達の家に遊びに」

「六本木ですか。いい所住んでるんですね。景気悪いのに。お客さん、お仕事は?」

「パティシエです」

仕事がパティシエだと言うだけで、私のプレイは一気に加速する。六本木に住んでいるパティシエ、と言った時点で、結構な絞りが出来るからである。他のディテールについて話し出すと、さらにそれは絞り込まれ、その都度快感を味わった。知らない事は、適当に想像して補った。男関係の話を聞く運転手に、来月に控えた結婚の話をしている時が、やはり一番楽しかった。未知の結婚生活に思いを馳せている、そんな三十路目前の女。私はその演技を、役者のようにではなく、似非人間として楽しんだ。神である私が、ただの人間の振りをしている。

「お姉さん、結婚しても綺麗でいなきゃ駄目だよー」

最後にそう言って手を振った運転手に微笑み返してタクシーを降りると、冷たい風に大きく震えながらマンションのエントランスに入った。タクシーがドアを閉め、走り出す音がして、私は一度振り返る。ガラス戸の向こうに、もうタクシーは居なかった。鍵を出してオートドアを開けると、エレベーターを待った。心臓をそこに留めていた土台の砂が、またさらさらと崩れていく感覚があった。部屋に帰るとそこは暗く、当然誰もいなかった。今日は友達の家に行くので彼氏は来ないが、最近はほぼ毎日私のマンションに帰ってくる。タクシーではそう話していたが、それはあの女の事だ。私の事ではない。しかし私は、部屋に誰も居なかった事に、少しだけ驚いていた。誰かが、いや彼が、待ってくれているような気がしていたのだ。部屋は無機質で、何もかもが動かない。動くのは私だけである。私以外の物が何も動かないという事に安心する時もあれば、内臓が細かく震えるようなナイーブな恐怖を感じる事もある。幼い頃から時計が嫌いだった私は、大人になったら絶対に時計のない部屋に住んでやると思っていたけれど、一瞬だけ、その無機質だけれど延々動き続ける針というものを愛しく感じてしまっていた。そんな自分を戒めるように、あらゆる物たちが動かないよう、じっくり見張るかのように眺めながら、ソファに座った。テーブルの上のガムボックスを開くと、一粒口に放り込んだ。「二十九歳。パティシエ。好物はスイーツ、パスタ。アルコールは赤ワインが好き。来月結婚。相手は出版社に勤める会社員。三十二までに子供が欲しい」彼女の情報を口にした。子供云々、というのは私の想像であったが。今日私はタクシーで、嘘をついた。私は彼女ではない。自分に確認させるように、しっかりと何度も、頭の中で念を押した。本屋で見かけ、つい興味本位で買ってしまった洋菓子のレシピ本をぱらぱらとめくると、自分がとてつもなく自虐的な事をしているような気がした。マドレーヌ、フィナンシェ、シフォンケーキ、コンポート、ザッハートルテ、カスタードプディング、パウンドケーキ、コブラー、ブラウニー、モンブラン、もう自分とは一生縁がないであろう食べ物たちが、カラー写真で並んでいる。もう、それらの味などとうに忘れ、想像も出来ないが、見ているだけで胃がむかむかした。本を閉じ、口の中でガムを避けながら薬を飲むと、私はソリティアを始めた。

お腹が気持ち悪い。子供の頃、私はよくそう言った。そう言う私を母親は叱った。お腹が気持ち悪いなんて言い方では、どこがどうなっているのか全く分からないわと。分からないのは申し訳ないし、分かってもらえるように言いたいのは山々なのだけれど、しかし何故分からないと叱られなくてはならないのだろうと考えながら、やり場のない悲しみを持ちながら、そのお腹の気持ち悪さをどうにか分かりやすく伝えようと様々な言葉を使ったけれど、最終的にはやはりお腹が気持ち悪いという言葉に落ち着いた。お腹が気持ち悪い。その頃私は、何故お腹が気持ち悪くなるのか分からなかった。今から考えると、恐らく油物に弱かったか、元々あまり食べ物を受け付けない体質だったのだろう。今私は、お腹が気持ち悪い。今私は、お腹が気持ち悪いと言う事に何の躊躇もしない。一つの迷いもない。両手を拡げて言える。お腹が気持ち悪いのだ私は。喉の奥から唾液がこみ上げてくる。それはだから、お腹が気持ち悪いからだ。昔から、口の中に唾液がある事が嫌だった。だから何度も唾液を吐く癖がついた。それは多量ではなかったけれど、少しずつでも私の水分が減少するという事だった。常に、私に水分というものはほとんど無く、随分と乾いていた。いつも喉がヒリヒリしていた。いつも肌がさらさらしていた。いつも排尿量が少なかった。水分というものを避け続けた結果である。私が水分の摂取量を減らしたのも、お腹が気持ち悪いと言うのが悪い事だと刷り込まれていた頃であった。父親の言葉をきっかけにしてである。女性は汗をかいてはいけない。その言葉は、彼にしてみれば軽い冗談のつもりであったのだろう。位の高い女性はどんなに暑い時でも重い着物を着ながら、少しも汗をかく事はなかった。お前だって、訓練をすればそうなるんだ。彼はそう続け、自分を姫と思いこんでいた私は汗をかかない女性に憧れた。私は父が言うところの、汗をかかない訓練を始めた。しかし、それまでもあまり汗をかいていなかった事を考えると、元々あまり水分を摂る子供ではなかったのだろうが。かつて、私の通っていた中学校では水ダイエットが流行っていた。それは一日に水を一・五リットルから二リットル摂取し、新陳代謝を良くし、悪い物を多く排泄するというものであった。友人は、体の中が綺麗になると肌の艶も良くなり、痩せやすくなるというような言い方をしていた。ごくごくとお茶や水を飲む彼女たちを尻目に、私は一日に一本、紙パックの野菜ジュースだけを飲み続けた。私が一日に摂る飲み物はそれ一本と決まっていた。二百ミリリットル。それだけだった。食事の時もほとんど水は飲まず、ラーメン屋に行っても汁は残し、出来るだけ汁物やスープは避けた。以前、私はトマトが好きで、ミネストローネは特に好物であったが、よく行く喫茶店ではミネストローネの具だけを食べ、残った汁に、一瞬だけパンを浸して食べていた。いつも大量に汁を残す私を、店員は不審そうに見つめた。それだけ水分を拒み、最低限の水分で生きてきた私の体調は、真っ当な食事すら止めた今も、すこぶる良好である。顔の肌は大した手入れをしていないにも拘わらずつるつるである。子供の頃の思いを、私はまだ信じている。いや、そうではない。私は姫であるという、真実を信じているだけだ。私の父親は冗談が好きな人だった。彼は、幼い私が何でも信じてしまうのを面白がり、様々な嘘を教えた。太陽は海の中に沈むんだよ。という言葉に、だって、熱いから水が蒸発してしまうでしょう？　と反論すると、バカだなあ、海にはたくさんの水があるから水が無くなってしまうなんて事はないんだよ。という具合に騙した。ずっと山手線に乗っていると目が回るという嘘も、私は信じた。その頃私は、山手線がどれだけ大きな輪の上を走っているのか知らなかった。もしかしたら、汗をかかない女性の話も、これらと同じような程度の低い冗談だったのかもしれない。女性は汗をかいてはいけない、そんな品のあるマナーが、今の世間に浸透しているはずがないのを、私はもう知っている。でも私は、夏場に汗を浮かべて歩く女性を見ると優越感に浸る。だらしのない女性だと、蔑む。私は汗をかかない。良いだろう、と。私は生涯、サウナには行かないだろう。いや、行ったとしても、ずっと汗をかかないでいられるかもしれない。

胸焼けのような感覚に、表情が歪んだ。お腹が気持ち悪い。堪えきれず、台所のシンクに向かった。指を突っ込む前に、のど元までぐっとこみ上げてくるのが分かった。結局指を入れるまでもなく、それはシンクに飛び散った。黒いコーティングがしてあったガムを噛んでいたから、それは透き通った黒で、その後ヒルズで飲んでいたエスプレッソが茶色くシンクを汚した。固形物は何もなく、胃液の甘酸っぱい刺激的な味と臭いが広がった。吐いてしまった事の惜しさと、それでも水分が減った事の喜びで、複雑な微笑みを浮かべたまま、またこみ上げてきた吐き気に体を折った。今度は胃液だけだった。黄色っぽいその液は臭く、口の中に残った味に鳥肌が立った。今吐いたのは、ガムのコーティングが溶けた物と、エスプレッソと、薬を飲むときに飲んだ水と、胃液である。という事は、薬もほとんど流してしまったのかもしれない。まあ、いい。飲んでから一時間以上は経っていた。どうせ捨て薬だ。私が飲んだのは無水カフェイン入りの錠剤と抗鬱剤だった。両方とも副作用に吐き気、嘔吐、と書いてある。吐いた時のショックで、頭ががんがんする。嘔吐する時、人の体は少なからずショックを受ける。嘔吐には、エネルギーが必要である。その唐突なエネルギーの消費により、嘔吐した後しばらくは体が熱くなる。しかも、無水カフェイン入りの薬は心臓にくる。興奮状態の体と、動悸の激しさに、頭が痛くなるのだ。

アスピリンを飲もうと手を伸ばすが、瓶のラベルに食後にと書いてあるのを思い出して手を戻す。これも胃に何もない状態で飲むとお腹が気持ち悪くなる類の薬である。アスピリンを諦め、胃の中を収めるために、胡瓜の漬け物を二枚齧った。一瞬、また吐くか、と思う痙攣があったけれど、しばらく静かにしていたらそれも治まった。異物感はあったけれど、もう今日は特に妙な事をしない限り吐かないだろう。

異物を口に入れるという事は、最後の手段である。サプリメントも医療薬もガムも、最後の手段である。しかしそれは、生きる術の在るべき姿である。今日ヒルズで皆が摂っていたような通常の食事など、見せかけの、嘘くさい演技にしか思えない。ホワイフォーク使う？　ホワイナイフ使う？　ホワイチャップスティック使う？　私たちの生きる術というものは、そのような複雑なものであっただろうか。そんなはずはない。

胃の中に空気があるような感覚。それは吐く手前である。のど元まで胃の中の物が込み上がってきた時、それが空気ではなく、胃液である事を知る。私の体は何故か、受け付けようとしない。飲み合わせが悪いのは分かっている。だから今、こうして模索して、調剤しているのではないか。喉の奥に残っている胃液をうがいで流し、鼻をかんだ。胃腸薬と、ウコンのサプリメントを合わせて四粒、唾液で飲み込んだ。しばらく休んでも頭痛は一向に治まらなかったが、弱っている体に鞭打つように、デスクに向かった。そろそろ片づけなくてはならない仕事がある。

現在私は雑誌や新聞に数本の連載を持っていて、怠け者の私にしてみれば忙しいと言っても良いくらいの仕事量である。しかし私は元々、金を稼ぐために仕事をしているわけではない。金だったら後二、三年は遊んで暮らせるだけ稼いである。それに、金なんて無くなったら誰かがくれるだろうし、あったらあったで使うしかない。金は天下の回り物であるからして、特に必要なものでも、不必要なものでもない。私はただただ、自分が正常でありたいがため、そして生きやすくありたいがために、仕事をしているのだ。つまり、私にとって仕事というものは、たまの外出のようなものなのかもしれない。人がこなす仕事などというものは、おしなべて意味のない事物である。この世に必要な仕事などない。あるとすれば農業くらいである。文筆業なんて不必要さでいったらトップクラスだ。畑を耕す。野菜をとる。それだけで良いのである。もちろん、作るのは胡瓜と大根だけで良い。まあ、私は土にまみれて野菜を作るだなんて、死んでも御免だが。胡瓜と大根の種と畑を差し出されてそれしか食物がないという状況に陥ったとしても、私は絶対に土など触らない。土は触れるものではないのだ。触れてはならないものなのだ。私はキーボードを叩き、不必要な文章を書きながら畑の真ん中で死んでいくだろう。自動車もいらない冷房も暖房もいらない。贅沢な食卓なんてもってのほか。おしゃれだって別にしなくても良い。お茶なんて面倒な物にこだわる必要も飲む必要もない。水、たまに白湯でも飲んでいれば良いのだ。ああしかし、出来れば製薬会社はあった方が良い。まあ、私はあの白衣や白いマスクや給食のおばさんみたいな帽子などを身につけて製薬するだなんて、死んでも御免だが。何しろアミービックじゃない。アミービックじゃないという事は、死んでいるという事じゃあないか。まあ、そういう事だ。必要な仕事などほとんどない。だからして、仕事を通じて自己のアイデンティティーを確立させようだなんて、愚かな事なのだ。社会的地位？そんなものニャンニャンだ！

明日締め切りの仕事の資料に一から目を通し、ぱちぱちとキーボードを打ち始めた。無機質な物ばかりの、何も動かない部屋にキーボードを打つ音だけが響くのが、とてつもなく恐ろしく感じられ、仕方なくイヤホンを耳に差し、ハウスを聞いた。ハウスを聞きながら、ファッション誌の「キスとセックス」という特集に寄稿するエッセイの原稿を書いた。日常的な生活においてのキスの位置、セックスの位置。そしてそれらに対峙する自分の位置。等を、体験談を交えながら噛み砕いて描いていく。何だかとっても下らない事をしているような気がする。そんな気がしながらでも指は動き続ける。そんな気がしながらでも指が動き続けてくれるから、私は生活が出来るのだ。そう思っても、馬鹿らしさは消えなかった。「キスとセックス」を書き上げ、週末締め切りの、隔週でやっている週刊誌の連載原稿を書き始めた。こちらはテーマが決まっていないため好きに書いて良いのだが、読者層が臭いおやじに限定されているため、いつも気が乗らない。臨機応変に、それがモットーであるが、それが辛い時もある。連載原稿を上げると、もう一度「キスとセックス」を見直し、若干の手直しをし、メールで原稿を送った。連載分は明日見直そうと思い、フォルダに入れた。私はいつも、一つ仕事を終えると自分の事を天才だと思う事にしている。人が私の事を天才だと言う事は滅多にないからして、自分で自分が天才だと意識するのは当然の事である。全能感に浸りながら煙草を吸い、ふと振り返ると、夜が明け始めていた。CDウォークマンを持って立ち上がり、カーテンを開くと、空は群青色、を少し明るくしたくらいの色だった。エンドレスで流れ続けるハウスを聞きながら私は、何かまだ文章が書けるような気がして、もう一度デスクチェアに身を委ねた。リラックスしようと、帰った後もずっと履いていたブーツのジッパーを下げ、ずぼりと足を抜く。床暖房の熱が、網タイツを通して足の裏を温めた。

　死を想像して背中に悪寒が走る事もあれば、その未知の想像に夢膨らませる事もある。私の未知、それは誰も知らず、私も知らない。そんな事を考えていたら瞬間的に視界が二重になり、それが続けて二度起こった。ばちり、ばちり、分離しては合体する視点。そのばちりの瞬間に、私の中の物が一つずつ初期化されていく気がする。一からやり直し。何者か、もしくは何か無機質な物体から、そう言われているような気分である。私は不快感を抱く。不快。不快。不快である。とてつもなく。不快である。ああそしてまた、ばちり。視界が分離し、また合体した瞬間、視界の右上の辺りで黄色い線がガラスに入ったひびのように、あちこちに枝を伸ばした形でスパークする。私の視界の右上の部分を切り取ろうとするかのごとく。視界は切り取られなかったものの、くらくらとする目眩を残した。そして、ばちりという音と、視界の分離と合体が私の体を震わせた拍子に、ゆらりと傾いた足がどこかにぶつかる。それによって生み出された痛みに、また体を震わせる。くぐもった音が隣で響いている。それはウーファーから叩き出されるベース音のようでもあり、頭がきんきんするような高音のようでもある。低音に痺れる内臓の身体感覚、高音にぴりぴりと痺れる皮膚感覚。それらを同時に感じているのだ。その何と素晴らしい事。という解釈も出来なくはないが、実際のところは、案外どうとも言えない感覚である。精神と肉体が分裂している上に、内臓と皮膚、そして触覚までも分裂しているという現象は、私に心地よい恐怖や不安感を与えるのに丁度良い点から、若干ずれていて、それは若干、恐怖寄りである。変わらず私を苦しめる音。変わらず私を楽しませる音。変わらず私を不快にさせる音。変わらず私を愉快にさせる音。全てが耳の隣で鳴っている。私は今、何の音を聞いているのだろう。これらの音はそして、私に何を求めているのだろう。何をさせようとしているのだろう。掻き立てられるような音、鎮められるような音、それらの狭間で私が動けなくなる事か。それらの狭間で私が発狂する事か。それらの狭間で私が白痴になる事か。ああ、何とも落ち着かない。落ち着かずに悶々としていると、誰にでも良いから自分の陰部をさらけ出したいという欲求に駆られた。陰部をぐっと押し出して、そこを人に見てもらいたい。見せたい。晒したい。押し出したい。陰部に引っ張られるようにして歩き、人に見せたい。晒したい。そしてそこに冷たい指をあてがってもらいたい。それだけで良い。あてがうだけで良い。それだけで良いのだ。ぴたりと指をあてがってもらった瞬間消え失せるかのような、そんな刹那的な欲求であると、自分でも分かった。その欲求を鎮めようと鎮めようとしていると、音はゲルに変化し、ぐにゃりと耳を押し分け、あらゆる形に変貌しながら耳の奥へと侵入した。何故、いきなり音がゲルになったのか。それは、音が私の欲求を加速させるためである。陰部を見せたい欲求はゲル状の音によって増幅させられ、更に陰部は疼く。いや、或いは陰部を見せたい欲求自体が、音をゲルに変貌させたのかもしれない。疼く陰部を持てあましつつ、もしかしたらそのあてがってもらう指というのは私の指では駄目なのかと思いつくも、それでは陰部の欲求は満たされないと気付く。では他の、何か無機質な物体ではどうかと思いつく。それは多少良い案のような気もしたが、すぐにやはり他人の冷たい指が良いという結論に行き着く。ひたすら悶々と、陰部が他人の冷たい指をあてがってもらっているシーンを想像していると、ふと、耳の中のゲルに粉末状のハーブのような物が含まれ始めた事に気付く。いや、ハーブなどではないかもしれない。干しシイタケを戻した時に汁に混じっているシイタケの小さな欠片とか、カスとか、そういったものかもしれない。とにかく小さな、粒と粉の中間くらいのものである。その粉のようなものは、鼓膜の奥に入った瞬間から溶け出し、ゲルを少しずつ固めていく。その粉のようなものには、片栗粉やゼラチンのような効用があるのかもしれない。鼓膜からじわりじわりと滲み込んでいくそれはやがて脳に達し、その辺りで凝固は終わる。それはゲルではなく、アミーバのようなものになっている。アミーバはぷるぷると震え、脳には触れずとも、脳や脳周辺に刺激を与える。プリンよりも粘りけがあり、ゲルよりも固く、スプーンに載せた場合、逆さにしてもしばらく落ちないくらいの粘着力であり、表面はぷるぷると震える。その物体が、また更なる欲求を生み出させる。目を閉じると、脳がスパークしているのが分かった。それは視覚にも明瞭に訴えかけ、まるで私は脳を手に取れるかのよう。ばちり。黄色いひびのような線が、今度は脳を浸食する。その線は一瞬にして消える。しかし、消えた瞬間薄い線が薄く残ったような錯覚に陥る。それは、スパークして砕け散った線の粒子なのかもしれない。消えた線を思い出し、頭に思い浮かべてみると、その線は脳の襞を模った線であったような気がして、慌てて鮮明な記憶を探す。では、もしかしたら先ほど私の視界を切り取ろうとした黄色い線も、脳の襞を模ったものであったのかもしれない。脳の襞を、私は見ていたのかもしれない。脳のスパークを、目で見ていたのかもしれない。曖昧になっていく、視界と記憶と想像と現実と思考と意識。本当に黄色い線は黄色い線であったのだろうか。黄色い線が脳の襞だったと言うならば、黄色い線はゲルだったのかもしれない。そして耳に入ったと思っていたゲルは、黄色い線だったのかもしれないし、脳だったのかもしれない。黄色い線を黄色い線と、私は言い切ってしまって良いのだろうか。では陰部はどうだ。陰部の、他人の指をあてがってもらいたい欲求も、本当に陰部に他人の指をあてがってもらいたい欲求なのだろうか。視覚的にも触覚的にも嗅覚的にも肉体的にも精神的にもそうであるのか。という協議が必要ではないだろうか。視覚、嗅覚、肉体、では間違いなく本物の欲求と見なされていても、身体、触覚、精神、では全く違う、欲求ではないものとして見なされているのかもしれない。陰部に人の指をあてがってもらいたい欲求は、黄色い線かもしれないし、アミーバかもしれないし、ゲルかもしれないし、脳かもしれないのだ。音が途切れ途切れになり、じゅ、じゅ、と断続的にゲルがはめ込まれていく。アミーバが脳の周りで踊り始める。最初からそうなるのではないかという不安はあった。アミーバがぷるぷるしている時点で、私はそれを予想し、危惧していたのだ。予想が的中してしまった事により、私の焦りは加速した。アミーバがぷるぷると踊る。いやいや、ともがいているようにも見えるし、快感に身悶えているようにも見える。アミーバから伸びている腕のようなもの。あれは揺れる波動によって持ち上がっているのだろうか。水面に水を落とした時、王冠が出来るように、アミーバの端々から触手のようなアミーバが持ち上がり、それが私の耳に入ったばかりの音やゲルとシンクロして踊っている。高い音にも低い音にも振動し、動き、震え、腕を伸ばしている。それは陽気なようであり、しかしよく見ると案外単調な動きであり、何かの儀式に用いられる踊りのようにも見える。脳に触れたり、触れなかったり、妙な踊りを続けるアミーバ。私は初め、出来るだけ脳には触れて欲しくないと思っていたけれど、実際に近くで踊られてみると、近くで踊られているのに触れられないというのも結構な圧迫感があり、しかしかと言って、触れて欲しい、とは一概に言えないところである。延々鳴り続ける音に、アミーバはどこまで付き合う気なのだろう。それとも、アミーバには気などというものはないのだろうか。ただ感情も意思もなく踊っているだけなのだろうか。アミーバがぴちりという感触を与える。蔓延っている部分に空気が入り、気泡が出来ていたらしく、それが鈍く弾けたのだ。「ぱちっ」や「ぽっ」という音をたてず、ぴちり、という鈍い音だったため、私はそれに気付かないところだった。しかしよくよく感覚を研ぎ澄ませてみると、その音があちらこちらで発生している事に気付く。ぴちりというその感覚も、脳を刺激しているような気がした。また脳からの伝達がやってくる。陰部をやはり人に見せなければならない。指をあてがってもらわなければならない。私は更に困惑した。このままでは陰部に引っ張られて歩き出してしまいそうだ。陰部と脳が直結していたならば、私は既にそうしていただろう。私が居るから彼らの欲求、悩みは解消されないのだ。私は、皆と個々に繋がっていて、それらを統括している主だというのに、皆から疎外されている。彼らは自分から遠く離れた世界に生きていて、私とは何ら関係がないのではないだろうか。そんな彼らを、私が縛っていて良いものなのだろうか。アミーバ、脳、スパーク、陰部、それらと私は形式上繋がっているだけで、一切関わっていないのではないか。アミーバ、脳、スパーク、陰部、私よりそれらの力が、全体としての私自身に近づいているのかもしれない。私というものは無色透明で、実体などないのかもしれない。ああそう考えるとアミーバが羨ましい。脳が羨ましい。スパークが羨ましい。陰部が羨ましい。陰部は脳を持っていないし、スパークを見ていないし、アミーバを見たりもしていないが、実体を持っている。陰部という現実的な物体を。そして欲求を与えられ、動きたい、人の指を探したい、という思いを抱えながら疼いている。陰部は私から遠く離れた世界で、私を恨んでいるのかもしれない。誰かの指をあてがってもらいたい、そう思いながらそうしない無色透明の、いや、魂のように実体もなく、頼りない、貫禄もない、弱々しいくせに決定権だけを握っている私自身を、発狂しそうなほどに。だから濡れているのかもしれない。今そこに針を刺したら血が飛び出してきそうなほどの熱を持ちながら、悔し涙を流し、じくじくと、赤く疼いているのかもしれない。アミーバの踊りが激しさを増す。音のリズムに合わせているはずなのに、リズムよりも早く感じられる。リズム、聴覚、それらが私自身のものではないという事実上の現象であろうか。リズムよりも早く踊るアミーバ。触手のような部分が脳に触れる。蔓延る。蔓延ったかと思えばぬらりと離れる。予測不可能な動き。少しずつ増加していくアミーバ。だくっだくっ、と鼓膜から送り込まれるゲル。固まっていくゲル。アミーバになった、ゲルであったもの。ぐちゃり、ぐちゃり、という音が聞こえそうなほど激しい踊り。アミーバの密度が増し、再びスパークが起こる。ばちり。黄色い線が脳の襞に合わさっている。やはり、黄色い線は脳の襞を模ったものであった。ばちりの瞬間、瞬きをしたかのように視界がぶれ、再びクリアーになった視界に映る脳は、未だふわりとした線を纏っている。すぐに消えるそれ。揺れるアミーバにも黄色い線が伝染し、またすぐに消える。消えた黄色い線。黄色い線というのは、電気のようなものかもしれない。もしかしたら私の体の中に蓄積されているのではないだろうか。アミーバがひくひくと引きつる。もう踊りというよりも痙攣である。いや、元々痙攣に近い踊りをしていて、完全に痙攣になったのが今だったのかもしれない。アミーバ。楽しそう。痙攣がうつった。陰部にそれがうつった。これが陰部と脳と私、いや、私とそれ以外のものたちの限界なのだろうか。臨界点に、私は今達しているのだろうか。ばつっ。という、何かと何かを区別するような音が鳴る。ぼぐっとゲルが流れ込む。アミーバが一気に増える。脳を避けているわけではないのだが、アミーバは完全に脳に触れないよう、若干の注意を払って動いているように見える。しかし増え続けるアミーバ。もう完全に、脳に触れてしまいそう。先ほどから私の心は陰部に奪われてばかり。脳とアミーバの事を見ていても、何かしらの発想には至らない。ただの、流れる意識と視覚だけで把握しているよう。正確に、私はそれらを把握出来ているのだろうか。今、陰部だけが身体として私に関わっている。私に、許しを求めている。陰部は私の最後のペットなのかもしれない。飼う事を諦めるべきか。否か。ほわほわと膜が張ったような感覚。アミーバが揺らめいて見える。白っぽい、膜がかかった視界。ぐちゃり。ぐちゃり。ぴちり。ぴちり。刺激される脳と、脳周辺。流れ込むゲル。アミーバになっていくゲル。アミーバは、既に完全に脳に触れている。触れながら未だ、踊っている。触手を伸ばしながら、踊っている。触手はどんどん脳を浸食していく。ぴちりぴちりの感覚が早くなる。アミーバが増えすぎているのだ。脳に触れすぎているのだ。陰部が痙攣ではなく、震えを始める。そこに何かが滴っている。何かで濡れているのだ。指。指。陰部が指を想像している。陰部が想像をしている。誰か他人の指の腹。それは人差し指である。陰部は私自身よりもずっと現実的なものを見ている。アミーバやゲルや脳などではなく、指を想像している。人の指。指紋すら。指紋という細かい襞が与える圧力の差。向きはこう。角度はこう。陰部の想像は止まらない。最初に触れた瞬間のそのするするという感覚。皮が引き伸ばされ、更に指が密着する感覚。指と陰部がぴたりとくっつく感覚。指が水分に触れ、そこに潤滑な関係が生まれる。ぴたり。そう。あてがわれる。陰部の想像がマックスに達しても、それは留まるところを知らない。あてがわれた瞬間の恍惚が延々続く。後光の差していた階段の頂点に達する。その大理石の段が腰に食い込む。恍惚。白い光に包まれながら赤く火照ったその部分が昇天する。陰部は白装束でも纏っているかのように聖性を帯び、金色の輝きを自ら放っている。指で隠れた部分から放たれているようで、それによって綺麗な円形を描く光。浮遊感。陰部が浮く。ジェットコースターが急降下する瞬間のような無重力が陰部を襲う。無意識に、陰部の肩に力が入る。陰部が歯を食いしばる。落ちていくようでも、上がっていくようでもある。アミーバは踊りを止めない。何かの糸が切れたかのように踊り狂っている。危ないかもしれない。反射的にそう思う。私はアミーバの心理を読み解く努力を怠ってきたのかもしれない。しかし結論は出ない。未だ、私自身は何かしらのアクションを起こす事が出来ない。脳が立て続けに二回スパークする。ばちり、ばちり、襞を模る黄色い線。蔓延る。アミーバに感染する。消える。脳が痺れを感じる。それは陰部によるものだった。陰部が痺れ始めていたのだ。

アミーバが少しだけ移動し、這っていた部分がちらりと覗く。そこの部分の襞が薄くなっているような気がした。溶けるのかもしれない。アミーバは脳を溶解する成分を持っているのかもしれない。うじゅり、アミーバが大きな感覚を起こす。あ。陰部が声を漏らしたかのようだった。ぱっと飛び散る液体。突き出された陰部。金色の光が放たれ続け、次第に後光と相まって、白か金か分からなくなる。視界が光だけを映す。黄色い線とは違うスパーク。アミーバがぷるぷる。陰部と私が分裂する。今も昔も、私は物体などではなかったのかもしれない。

ソファの上で目が覚めた。上半身を起こすとすぐに、自分が書いた文章の内容を思い出した。最後の文を書いて、倒れるようにしてソファに横たわってすぐに、眠ってしまったのだ。冷蔵庫から野菜ジュースのパックを取り出し、二口飲んでそれを冷蔵庫に戻すと、スタンバイ状態のパソコンを起動させた。「アミービック」という文書名がまず、目に入った。一面に映し出された文字たちを一つ一つ読み返しながら、私は恍惚としていた。しかし中盤に差し掛かるにつれ、自分自身の思考を超えたところにこの文章が存在しているかのような、そんな気がした。しかし、昨日私はミントのような爽やかさでもって冷静であった。すーっ、としていた。醒めていたと言っても良いかもしれない。それなのに、どこか私自身を見下されているような気がして、見下しているそれが、私になにがしかの危害を加えようと思っているのではないかという強迫観念に縛られた。そんなはずはない。そう思い込み、それを真剣に読み切った。立て続けに何度も読み返した。若干の不安は残ったが、私は満足していた。しかし私はこの文章を、誰にも読ませない。それは特別な事ではない。つまり、だから、他人に読まれるべきでない文章は、必ず存在するという事だ。たとえそれがどれほど素晴らしく、神のお言葉と見まごうまでに誠実で、超常的に美しい文章であったとしても。私は「アミービック」をエッセイを溜めているフォルダに入れた。私はきっと、この誰にも読まれない文章を、幾度も、幾度も読み返し、恍惚とするのだろう。

気分が良かった。何かが上手くいった時、私は自己嫌悪から遠く離れたところに居られる。今日はらりった文章に悩まされる事もなく、昨日書いた素晴らしい文章を読み自分を天才だと思っていられる。急に、私は思い立った。薄く化粧をして身支度を整えると、もう一年以上行っていなかった、近所の大型スーパーに向かった。食品食品食品食品食品だらけだなほんと。目に入る物ほぼ全てが食品、という非日常的な空間にくらくらとしながら、私はあるコーナーを探していた。「製菓用品」という札を見つけ、その品数の多さに驚く。食事を摂っていた頃も、私はお菓子などというものは好きではなかった。元々、塩っ辛い物が好きなのだ。甘味、デザート、などというものとはほぼ無縁で生きてきた。しかし、自分が製菓用品の棚の前に立っている事に、不思議と違和感は感じなかった。逆に、違和感を感じない事に違和感を感じた。製菓用品、粉類、乳製品、ドライフルーツ類、ナッツ類、添加物、それらの種類の多さにもくらくらしながら、ふらふらとスーパー内を彷徨い、一つ一つかごに放った。まさか自分がお菓子作りをするだなんて、生まれてこの方考えた事もなかった。家に帰って全ての材料をキッチンに広げ、レシピ本をめくると、スポンジという文字が出ているところで本をぐっと広げた。材料の練り方、混ぜ方、温度調整まで詳しく載っているその本の通りに、スポンジを焼いた。焼いている間中、部屋中に甘い匂いが充満し、今目の前で大規模な山火事が発生しているのに私は消火器も消防車を呼ぶための携帯もホースすらも持っていない、というようなにっちもさっちもいかないどうしようもなさに、そわそわそわそわと歩き回っていた。山火事であれば、私は山を所有していないので誰か他人の山であろうからして、そんなに焦る事もないのかもしれないが、ここは私の豚箱、いや私の城なのだ。甘い匂いなどに充満してもらってはとても困るのだ。換気扇を回し二つの窓を全開にしても臭いはなかなか消えず、私はコートを着て、エスキモー御用達の毛皮の帽子を被り、手にオーブンミトンをはめ、スポンジが焼き上がるのを待った。出来上がった薄茶色のそれは、レシピ本のそれとそっくりだった。パレットナイフを使い、イチゴとミントと生クリームで飾り付けをした。切り分けてみると、ケーキ屋などで並んでいるそれとそっくりだった。三角形に切られた、赤と白、そして黄色。完璧な形、そして色合いである。私はそれをじっと眺めた。どうして私は初めてのお菓子作りでこんなにも完璧な代物を作り上げる事が出来るのだろう。何故私には出来ない事がないのだろう。何故私は嫌いな物に関しても天才なのだろう。もしかしたら私に出来ない事などないのではないだろうか。しかしそれにしても全く見ていると吐き気がする。全く、こんなもの世界上に存在すべきではない。生クリームを崩さないようにラップをかけると、それを冷蔵庫に入れた。食べないのに冷蔵庫に入れたのは、もしかしたら今日か明日辺りに彼が来るのではないかと、踏んでいたからだった。ソファに座って休んでいても、近くに食べ物があるという状況に落ち着かず、私は幾度も冷蔵庫を開けて自分の作ったそれを確認した。何度見てもそれは切り分けられた一切れと、一切れを失ったホールケーキだった。煙草を吸いながら冷蔵庫の中を眺めている内に、頭がくらくらとしてきた。冷蔵庫内に充満していた甘い匂いのせいだろう。苛立たしくなり、冷蔵庫のドアをばたんと閉めた。

何故あれは食い物で、しかもその上甘いスイーツなどという物なのだ。あれがニスでコーティングされていたり、食べ物でないものであったとしたら、私はもっとあれを可愛がる事が出来るだろうに。愛情と嫌悪がせめぎ合っていた。煙草をもみ消すと、私はバターを練り始めた。夜になった頃、冷蔵庫にはショートケーキ、チーズケーキ、シュークリーム、台所のチェストにはフィナンシェ、フルーツパウンドケーキが並んでいた。何故私はこんなにも、お菓子作りが上手いのだろう。どうして全て写真通りに作れてしまうのだろう。何故こんなにも私は天才なのだろう。不思議で、それはつまり神、という事ではないかと考え、自分が神であるかもしれないという状況に若干の驚異、そして恍惚とするほどの快感を感じ始めた瞬間、彼から電話が掛かってきた。

「もしもし？」

「ああ、久しぶり。今、何してた？」

「お風呂を掃除していたわ」

「君が風呂掃除って」

「ええ」

「何か似合わないね」

「そう、かしら」

「うん。全然想像出来ない」

「目の前でしてあげても、いいわよ」

「ありがとう。それはいいんだけど、これから行ってもいい？」

「ええ。待ってるわ」

電話を切ってから一時間ほど経ち、彼が私の部屋にやって来た頃にはもうすでに、私はきちんと化粧を直し、洗い物も終わらせていた。しばしの抱擁を終えると、彼は部屋に上がった。コートを床に投げるとリビングのソファに座り、鞄を開けた。ジントニックを作って持って行くと、私も彼の隣に座った。

「ケーキとか、食べる？」

「え？」

「ケーキ」

「ああ、あるの？」

「あるの」

「じゃあ、頂こうかな」

私は全てのお菓子を一切れずつ皿に載せ、彼に出した。

「どうしたの？　これ」

「頂き物よ」

「こんなに？」

「ええ。あの、ほら、小さなケーキを少しずつ詰めてあるの、あるじゃない」

「ああ」

「あれを頂いたの」

「そう」

「でも私食べないから」

「全部食べられるかな」

「残していいわ。頂き物だもの」

自分で作ったと、私は言えなかった。彼の婚約者と、何かしらの関係があるのではないかと思わせるのが嫌だった。それに、食べないのにお菓子を作るなどという、珍妙な事をしていると思われたくなかった。彼は一つ一つを少しずつ食べ、少しずつ残した。これ、美味しいな、という彼の言葉に思わず、本当に？　と言ってしまった瞬間、彼の瞳が少しだけ曇ったような気がした。

「頂いた人に、美味しかったと言っていたと言っておくわ」

「でも珍しいね」

「何が?」

「君はいつも食べ物をもらわないいし、もらったとしてもすぐに捨ててしまうだろう?」

「今日、あなたが来るかもしれないと思ったから、とっておいたの」

「そう。ありがとう」

彼が残したケーキをゴミ袋に入れると、少しだけ気分が落ち着いた。

「これ、どうしたの?」

「この間野菜ジュースを吐いたの」

「あれは?」

「こぼした野菜ジュースを拭いたシャツをゴミ箱に投げたら壁についてしまったの」

「良かった。血を吐いたのかと思った」

「血って、私病気じゃないわよ」

「だって、入院患者みたいな体してる」

「これが健康体なの」

「そう。あ、これ」

彼はそう言って鞄からクリアホルダーを出して渡した。そこには来月号のエッセイのゲラが挟まれている。彼は再来月号のテーマと特集ページがどんなものかを話した。彼の会社と仕事をするのはこれで五回目だ。彼が編集長を務める男性向けファッション誌にエッセイの連載を始めて五回目という事だ。連載を始めた当初、立て続けに幾度か打ち合わせをした。その都度私たちは親密になり、六回目の打ち合わせで初めて寝た。あまり仕事熱心な人とは言えないが、彼は編集長に就任してすぐの頃、「彼女と食べるスイーツ特集」のため今人気の女性パティシエに取材に行き、そこで彼女に出会ったのである。そして来月には結婚をするのである。その頃はまだ、私は彼の雑誌に連載を始めていなかったので、その特集は見た事がないし、これからも見るつもりはない。最初は、何だか気取った雑誌で、僕も馬鹿らしいと思っていたけれど、無駄な回り道もしてみるもんですね。二回目の打ち合わせの時、何らかの形で婚約者がいるという話になった後、彼はそう言った。その時は私自身も、きっと彼も、私たちが寝る事になるとは考えてもみなかった。そして六回目の打ち合わせの後、私たちは寝た。その日、私たちはイタリアンレストランで打ち合わせをしていた。私たちはその時、婚約指輪は本当に給料の三ヶ月分なのか、とか結婚指輪ははめる主義か、とか、そんな幸福感の漂う話をしていた。その数時間後に、ホテルでセックスをする事になるとは知らず。元々、私は彼の事を気に入っていた。一目惚れというやつではないけれど、多分二回目に会った時には結構好きになっていたと思う。彼の婚約者の話を聞くのがとてつもなく辛かった。どうしようと思った。どうやってどうしてこの状況を切り抜けたら良いのか、私には分からなかった。普段よりずっと多くジントニックを飲んでいて、その上八十五度のアブサンにまで手を出し始めていた矢先に膀胱が疼き、トイレに立ち、個室に入って便座に腰掛けると、しばらくそのまま動く事が出来なかった。俯いたまま気怠い動作で尿を拭き、洗面台に覆い被さるようにして手を洗った後、私は神の啓示を目にした。洗面台に残った水滴が、「ＦＵＣＫ」という文字になって浮き上がっていたのだ。幾ら酔っていたといってもこれ系の幻覚など見るはずはなく、とうとう神と交信が出来たと、私は舞い上がった。テーブルに戻った私が、彼とまともな話を出来ていたかどうかは分からない。でもはっきりと覚えている。怒濤の勢いで何かしらの言葉を口走った後、火のついた煙草を持ちながら何故かその手が動かず、ああ煙草が吸いたいと思いながら聞いた、「本当は結婚したくないんです」という彼の言葉は。

えーちょっと待ってよ回り道も良いって言ってたやんそれはつまり彼女と出会えて良かったつー事でしょ。だって私だからあーたに手だすのやめようと思ってたわけだしどうしてそんなんなっちゃうのなっちゃうの。もう手が動かないつーかああ動いた吸えたそれは良かった。つーかでもどうしてそんなことさらりと言ってしまうのよ。だってあんたさーつーか煙草持ってるけどそれ灰落ちそうよ灰皿あげるからはい落として。ああ鼻水出てきたすすらなきゃ垂れる垂れるしすすれ。すすれ。つーか私今さっきうんこしてきましたけどそれで良かったら寝ませんかとか言ったらどうすんのかなこの人寝るかなそれでも。でもそんな事言える雰囲気じゃねーし。ああああ寝てもいいと思ってるのならば今すぐここでいいから抱いてくださいよまったくつーかそんな事言われたって私は身体差し出すくらいしか出来ないし。言葉とか何？　求めてんの？だったらもっと深く話するに決まってるしじゃあやっぱ身体じゃん身体じゃんあんた身体じゃん。身体でしょーが。ああもうだめだトマトが赤くてもう私は食べないって言ってるのに分けんなよつーか結婚にたいして否定的な言葉を投げかけたあとでパスタよそってんじゃねーよどーゆー神経だよまったく。あああだから食べないって言ってるじゃない黒いオリーブとかありえないし黒いものは食べるものじゃないの！というか赤いものも何もかもだよせめて緑とか白とかにしようよねえ。ねえ。ああ私たくあんも白い方が好き黄色いあのどぎつい黄色のあるじゃないあれ私とても苦手だって甘過ぎてもうどうしようもなくたくあん臭くなっちゃうしああもうだから汁とかもいらないって、え？　ソース？　ソースつーか汁だろそれ汁なんていらないし。つーか汁とかいってなんかどぎついオリーブオイルの臭いがすんですけどこれ何私食べなきゃいけないの？　どうしたらいいの？　ああもう私の前に出すなよこんな臭いもん。ああもう湯気たってるし臭いするし吐きそう何も食べてないけど吐きそう。ああアブサン飲んでるからアブサンだったら吐けるかもでも吐きたくないし今吐いたらきっと胃液がたくさん出てひどい臭いするんだろうし。うわーもう嫌だなあこういうの。にっちもさっちも私の部分の一つの部分がにっちもさっちもいっていないせいでとんでもない目に遭ってしまうていうこの四面楚歌。とかいう。四面楚歌ってでもいい言葉なんかどーしょーもないっ、ていう時に使えるでしょう素晴らしい事だねこれはとてもふふ。灰皿取り替えにきたボーイはいいんだけれども、ちょっとあーた重ねた灰皿ずれてて灰がふわって。ふわって。まずいよそういうの私今そういうの見るとそれが千分の一スローモーに見えて灰が落ちるまで千倍の時間を過ごさなくてはならなくなってしま…………………………

……………………………………………………………………………………

……………………………………………………………………………………

……………………………………………………………………………………

……………………………………………………………………………………

…………………………どうしたんですか？　あー、えー、そうだよねずっと黙っていた挙げ句に突然宙を見つめて千倍もの時間を過ごしているのだからそりゃ不審に思うわな。えー、と……。と言いつつ視線は動けずに何かやっぱずっと見ちゃうし。ああもうこのひらひら加減どうにかしてくれませんかまったく私とても好きな人と一緒に居るのに彼の事見れないじゃんどうしたらいいの頭痛いよー痛いよー痛くないよー。ああやっぱ私彼の事が好きなんだ。好きなんだ好きなんだ。あーもういいよどうでも、灰とか。好きです。ああ言っちゃったいっちまったもう後戻り出来ないしどうでもいいけどそんなんだって恐くないし仕事なくなっても別にいいし神と交信出来んだしどうでもいいし今別に何も恐くないし私先端恐怖症だけど今ならフォーク目に突き刺されても特に別にどうでもいいしあーた何かちょっと戸惑ってるみたいだけど何でどうしてそんな戸惑うの私何か変な事言いました？何か変な事言いました？別にそんな目されても恐くないし今なら別にゴキブリとか手で取って食べれるし今ならマヨネーズの容器とか使って大嫌いな腸内洗浄とかしますけどみたいなそうなんだへえ私の事見つめるんだ別にそんな恐くないよ恐くないよーだって別に私どうでもいいしあんたんとこの仕事なくなっても食えるしていうか別に貧乏とか飢餓だって恐くないし死んでもいいし別にどうでもいいし別に特に別にって感じだしでもそう言いながらこの人に嫌われるのだけはとても恐いああ涙が出そうもういい加減に答えを出してくれたっていいじゃない私こんなに頑張ったんだからもういいじゃない。

加速を続ける思考に頭をくらくらさせていると、一つの決意の言葉が、私たちが挟んでいるテーブルの中央ら辺に流れ出た。じゃ、ホテル行きましょうか、これが彼の言葉だったら格好が良かったのに。さばさばとした口調でそう言ったのは私だった。しかも動転したまま荷物をまとめている最中にコートの袖を彼がよそったパスタの皿に付けてしまい、それを見た瞬間ああーと声をあげ、だから食事はしないって何度も言ってるじゃないですか何で私の前に食べ物の載った皿を出すのですか私は自分の前に何か食べ物が載った皿が置いてあるという想定の下に動くという習慣がないんですよだからこんな事になったんですよもうどうしてくれるんですか私のコートがトマト臭いなんて状況に私は耐えられません本当に私のコートがトマト臭いのとか困るんですというか私のコートがトマト臭いというかトマトがついているだなんて本当に耐えられない本当に困るんですよこういうのもうああもう本当にどうしてくれるんですか、と彼を責めてしまった。彼は慌てたように謝り、私の袖口をおしぼりで拭い、ぬるま湯か何かを持って来させますのでちょっと待っててください、と言ってその場を離れた。私は椅子に座り直し、とても居心地の悪い思いをしながらふて腐れて彼を待った。彼よりも先にボーイがやって来て、おしぼりとぬるま湯を置き、大丈夫ですかと袖口をのぞき込んだ。ええ、そう答えながら脱いだコートの袖口にほんの少しぬるま湯を含ませた。しかしよく見ると、袖口の染みは直径一センチにも満たない大した事のないものであって、しかもコート赤だし別に目立たないし。という按配。私はとてつもなく馬鹿な事をしてしまった事に気付き、しかしそれをどうにも出来ない頭の状態にほんの少し苛立った。でもその時私は気付いていなかった。あの時錯乱しなければ、私は一生涯彼と寝る事などなかったであろう事に。錯乱していたのだから当然なのだけれど、一度でいいから彼と寝たいと考えていた事を、そしてそれがどれだけ実現しにくい状況であったかを、正確に判断出来ていなかったのだ。だから私は、あの時少しだけ苛立ってしまったけれど、その時の苛立ちを愛おしく思う。何も考えずに言葉を発する子供のように言ってしまった、好きですという言葉と、ホテルに行きましょうという言葉。そして思い通りにならなければ苛立つ、その素直さ。それは普段の私には、ほんの一ミリたりとも宿っていないものである。席に戻ってきた彼は会計を済ませていて、ホテルの予約をしておきましたと言った。神の啓示、「ＦＵＣＫ」をしてしまった事が本当に良かったのかどうか、それはいまだ模索中であるが。

「今月はね、先月のモノトーン系とは真逆に、爽やかにいこうと思ってるんだ。春服だし」

「あ、そう」

「表紙も白バックで、パステル系のワイシャツで、バストアップとかがいいんじゃないかと思って」

「ああ、そう」

仕事の話を終え、彼がトイレに入ると、汗をかき始めたグラスを持ち上げ、ジントニックを一口飲んだ。昨日、タクシーの中で彼の彼女の振りをしていた事、さっきまでお菓子を作っていた事を思い出すと、まともに彼の顔を見る事が出来なかった。いやしかし、愉快な気持ちもなくはなかった。運転手は、私が彼の彼女であると信じた。私は昨日、あなたが愛している女性の振りをして、あなたの愛している女性だと認識された。ふふと短く笑ったけれど、正気は失わなかった。もう二度と、彼の前で正気を失う事はしない。それは出来るだけ彼の事を正確に捉えていたいという気持ちではあるが、つまり、それはいつか彼が私とは寝なくなり、会う事もなくなってしまうのだろうという前提にあるから、特に彼の事を覚えている必要があるという事でもある。しかし彼が見せているのは私に対しての顔だけであり、彼女に対しての顔や、他の友人や同僚に対しての顔とは違う事も知っている。私は何も詮索せず、勘ぐりをせず、ただただ彼が見せる顔だけを見ている。それが正確であるのかどうかは分からない。私にとって正確であるかどうかも分からない。彼にとって正確であるかどうかも分からない。特にこれが正確だと信じる事もしない。何が正確であるか分からない、という事はただの、これから続くであろう辛い日々の余興でしかないのかもしれない。

「トイレの換気扇、何だか変な音がしてる」

「ああ、ひゅうひゅうって、風の音でしょう？　ここ二、三日続いてて。管理人に言おうと思ってたの」

「何か詰まってるのかな」

「何か、ねえ」

「死体とか」

「私が入れた？」

「いや、俺が」

「誰の？」

「……うーん、君の」

「私の？」

「うん」

「私はここに居るでしょう」

「君を殺した俺が見ている幻かも」

誰の？　と聞いた時、彼が一瞬頭に婚約者の事を浮かべたのが分かった。いたずらをした子供のような、こちらを窺うような微笑みを浮かべていた。私は、自分の死体が換気扇に詰まっている様子を想像した。きっと中は暗いのだろう。きっと風が冷たいのだろう。きっと私の体は硬くなっているのだろう。頭の中の私は、かっと目を見開いていた。次第に頭の中の映像は死体ではなく、死体が見ている映像に切り替わる。薄い明かりが漏れていた場所がぱっと明るくなり、そこの縁に手がかけられる。少しずつ、さらりとした髪を纏った後頭部が現れる。それは少しずつ上がり続け、やがて現れた二つの目と、視線が合う。

「どうしたの?」

「今トイレに入った時」

「うん」

「あなた換気扇の中の私を覗いたわね?」

「うん」

「私」

「うん」

「目を見開いていて」

「うん」

「恐かったでしょう?」

「俺は君に恨まれている?」

「……そうね」

「恨んでいる?」

「そうね……いや……うん……分からないわ」

「………」

「あなたは恨まれたくないの?」

「いや」

「恨まれたいんでしょう?」

「うん。いや、分からない」

互いに宙を見つめながら、ジントニックを飲んだ。隣に居る男は私を殺した。そう考えると、どきどきした。私は殺された。そう考えるとはらはらした。どきどき。はらはら。どきどき。はらはら。どきどきはらはら。どきどきはらはらどきどきはらはら。どきどき。はらはらはらどきどきどき。はらはらどきどきどきはらはらはら。はらはらはらはらはら。

「ちょっと薬を飲むわ」

「ごめん。不安になった?」

「いいえ、胃腸薬よ」

吐き気の副作用が強いと言われている抗鬱剤と一緒に処方されている胃腸薬を口に放り、ジントニックで流した。私は意地でも抗鬱剤と胃腸薬を一緒に飲まない。意味はないが、そんなプライドがある。今日は起きてからすでに、水と野菜ジュースと、ジントニックを飲んでいる。滅多に膨らむ事のない胃が、突然の暴飲に驚いてしまうかもしれないと思ったのだ。何故、彼は婚約者という言葉を口にしなかったのか、考えた。答えは簡単で、簡単すぎて吐き気がした。彼は私の前で婚約者の話をしないのだ。いや、しないだけではない。婚約者、いや、婚約という言葉自体、初めて私たちが寝てから口にしていないのだ。だからもう私は、彼らが今どういった状況にあるのか、想像も出来ない。結局、結婚指輪はダイヤ入りにしたのか、していないのか。カルティエにしたのかそれともティノァニーにしたのか。デザインリングにしたのかそれともシンプルなものにしたのか。いやそれとも、まだ買っていないのか。引き出物はバカラのグラスにしたのかそれともティノァニーの皿にしたのか。引き出物の選択は彼女に任せっきりだったのかそれとも二人で考えたのか。彼女は彼と居て幸せなのかそれともそうでないのか。そして彼は彼女と居て幸せなのかそれともそうでないのか。本当にこのまま結婚してしまうのかそれとも違う選択肢を考えているのか。私には分からない事が多すぎる。しかし、このまま結婚をするのならば、どういった形であれ私の耳にも入るだろう。そして彼がどれだけ隠そうとしても、婚約者が妻になった時、それを見抜く自信もある。しかし、私には彼女の情報が足りない。寝るようになるまではよく話してくれた彼女の事も、今では全く話題にのぼらない。私には今、彼女の情報が必要だ。考えたい。私はもっと彼女について考えたい。私は彼女の事をもっと、知るべきなのだ。


「ねえ」

「何?」

「……今日は泊まっていく?」

「いや、今日は会社に戻らなきゃ。特集ページが遅れてるんだ」

「そう。残念」

「ごめんね」

「ううん。バイク便でいいところを、わざわざ来てもらったんだし」

「もうしばらく居てもいい?」

「うん」

もうしばらく私と共に時間を過ごす事で、彼は何を得ようとしているのか。特に何を話すでもなく、煙草を吸ったり、ジントニックを飲んだり、床にはびこる野菜ジュースを爪で剝がそうとしたりしている彼を見つめながら、私は次の言葉をどちらが発するのだろうと考えた。すぐに答えは出て、それは彼だった。

「これ、どうしたの？」

「ああ、この間、買ったの」

「こんなに？」

「うん」

彼が指さしていたのは、私が十数冊の本と一緒に買って帰ったブックマークであった。

「十個のブックマークを買って十枚の領収書を切ってもらったの」

「どうして？ 経費用の領収書でしょ？」

「店員が、配送は出来ないって言ったのよ」

「だから？」

「だから、十枚切ってもらったの。色んな名前で」

「色んなって？」

「西麻布熊手研究所とか。服部短期大学下町風虎魚料理研究調理栄養学科とか」

「ああ、店員が暇そうだったんだ」

「ええ？　とても忙しそうだったわ。客も並んでいたし」

「店員を楽しませようと思って言ったんじゃないの？」

「とんでもないわ。本の配送をしてくれないから、腹が立ったのよ」

「意地悪で領収書を書かせたの？」

「そうよ。しかもとても無愛想だったのよその人。客と店員の格差を理解させるために、私がしなくてはならない事だと思ったの」

「駄目だよ」

「何が？」

「そんな事しちゃ」

「どうして？」

「君がもし自分を格上の人間と思ってるなら、無愛想なその店員を、哀れみ、許しを与えるべきだよ」

「あら、そう？」

「そうだよ。……許さなくちゃ」

「そうね」

それから、私たちは幾度か幾つかの話題をどちらからともなく提示したが、特にそれらに特別な意味はなく、しばらく沈黙を続ける事もあった。彼と居ると、感情が消える。私は彼と一緒に居ると、感情を持つ事が出来なくなる。彼の感情が分からないから、という理由だけではない。彼と居ると、自分の感情というものが分からなくなる。何故この人と会いたかったのか、何を思ってあんなにも求めていたのか、分からなくなる。ただただ私には満たされている感覚だけがある。会えない時間にため込んだ、好き、会いたい、愛している、そういう感情は消え失せ、ただただ考えているばかりだ。しかしまた、彼が居なくなった途端、好き、会いたい、愛している、そういう感情に支配される。幻想なのだろうか。そう、幾度も疑った。けれど、一人で居る時のリアルで切実な欲求に、嘘はない。私は彼が好きで、愛している。けれど一緒に居る時、その感情はない。私たちは互いに、意思表示というものをほとんどしない。仕事の上で、締め切りです、まだです、早くしてください、無理です、と主張を述べる事はあるが、それは感情ではない。互いの体に触れ合うような、直接的な感情は、ほとんどない。さっき彼が会社に戻らなくてはならないと聞いて言った、残念、という言葉も、本心であったかと言われれば、反射的に出ただけのような気がする。体を求め合う事は感情かと言えば、それもそうではない。性欲の提示というものは大概、感情の上に成り立つものであるが、私たちにはそれすらもない。ただ何気なくくっついて、何気なく突っ込んで、何気なく出す。何気ないもので構成された私たちの関係というものは、何気なく終わっていくのだろうか。終わりというものを意識したくない自分自身と、すでにしてしまっている自分自身が戦う様は、とても美しいとは言えない。美しくない自分自身を嫌いになれない自分自身と、嫌いになりたい自分自身が戦う様も、到底美しいとは言えない。美しいとは言えない自分自身を嫌悪し抹殺しようと思う自分自身と、抹殺する事に躊躇する自分自身が戦う様など、醜いの一言に尽きる。堂々巡りの末、私は一つの結論にたどり着くのだけれど、それすらも美しくない。否、醜い。私が彼を求めるのは、つまり感情が死んでいる私を求めるのは、何故なのだろう。それほどに、私は愚かな生き物だったか。そんなはずはない。この男がそう変えてしまっただけだ。ここまできても私は、責任転嫁してばかりだ。しかし私は本気で、自分自身がそれを望んだとは、思えない。

彼が帰った後、私は冷蔵庫の中のお菓子と、戸棚に隠しておいたお菓子をゴミ袋に放った。ぐちゃりと潰れた物もあれば、ほろほろと崩れた物もあった。ゴミ袋に余裕があったため、灰皿に残った吸い殻や、ゴミ箱に溜まっていたティッシュや、煙草の空き箱も入れた。さっき私が作ったお菓子は、もうゴミだ。半透明の袋の中で、お菓子が灰にまみれているのを見つめて、私はまた、少しだけ安心をした。トイレに入ると、換気扇はまだひゅうひゅうと音をたてていた。ちょろちょろと雀の涙ほどの尿を出して、トイレットペーパーを巻き取った。

月日や曜日を意識せず生活をしている内に、十二月に入っていた。私の記憶が正しければ、彼は今月結婚する。初めて彼女の演技をした日から今日までに、十回タクシーに乗った。その内の四回、私はまた彼女の振りをした。後の六回は運転手が無口だった。皆、私の嘘を信じた。いや、私が嘘を言おうが、いや、私の言っている事が嘘であろうがどうであろうが彼らには関係ないのだ。元々意味のない嘘なのだ。それは分かっていたけれど、私の嘘は止まらなかった。私は嘘をつき続けた。彼女の数少ない情報を頼りに。そしてその少なさを補うために、私は自分で想像し作り上げた彼女の情報をも、話すようになった。行きつけのレストラン、好きなワインの銘柄、家族構成、彼との関係性すらも。そして、レシピ本を読んで覚えた専門用語や、知識もフル活用した。私は、もう何度もその本を読み返していた。いや、それだけでなく、また新たなレシピ本までネットで数冊買い込み、その上あれから幾つものお菓子を作り上げていた。一日に一つはお菓子を作っている。パウンドケーキ、ムース、シャーベット、シフォンケーキ、サブレ、ラングドシャ、レモンタルト、マフィン、フレジェ、数え切れないくらい、作った。それらは確実に、全てが百パーセントの確率でゴミ箱に捨てられる。作るたび、私はそれらをよく観察する。冷製のお菓子を冷蔵庫の前で観察していると、いつもぴーぴーと冷蔵庫が音をたてる。その時の私は、まるでメダカの観察でもしているかのようである。そして臭いが鼻についた途端、それが食べ物である事を思い出し、我に返ってゴミ箱に放るのだ。彼が来たら食べてもらおうと思い、しばらく保存しておく事もあるが、大抵翌日にはお菓子の墓場という名のゴミ袋に入っている。

月末は雑誌が入稿のため、彼は忙しく、ほとんど会えなかった。会った時に手渡してもらったゲラも、ファックスで返した。十一月最後の週、私はほぼ毎日錯乱していた。その週、私のパソコンには二つ錯文が残っていた。そしてここ一週間で二枚、コートを買った。よく考えてみたら、今冬五枚もコートを買っていた。馬鹿な話だ。買うたびに今年はもういらないな、と考えている。五枚も買えば、あと二年はもちそうだけれど、きっとそうもいかないのだろう。今朝、起きてすぐに着信が入っていないかチェックするために開いた携帯に映し出された、十二月一日という文字を見た時、どきりとした。彼の結婚式はいつなのだろう。私は今日も、止気を失ったり、錯乱したりするのだろうか。正常であるという事の、何という辛さ。錯乱が私を楽にしてくれるという正常さ、それすらも私には、とても辛い。錯乱が血抜きのような、はけ口的なものになってくれているのかもしれない。しかしそんな可能性を考えるのが、恐い。錯乱は私にとって必要なものであるのかもしれないが、それを認めたくない私がいる。錯乱など、もう二度としたくない。そう思っても、錯乱する必然性はあるのかもしれなかった。私は何度も真剣に錯文を読み返し、分析し、あらゆる憶測をした。様々な可能性を考える事に疲れ果ててしまい、外に出る気力もなかった。私の部屋には時計だけでなく、カレンダーもない。幾度も携帯を開き、幾度も十二月という文字を見つめた。

出来ればだね、私ね。もうね、錯乱。とか、酒。とか、そういうものがなくても良い世界に生きたいよつまりだって酒を飲むっていうのは酒を飲まなくてはならない世界に生きているからなのだよ。錯乱もしかりだよ。私は心から酒を愛しているよアルコールが入っているものが大好きだよ。彼もきっと私を愛してくれていると思うよでもね愛し合っているその私たちの間には、常に嫉妬や情欲や束縛や、そういうものがあってだから私はもうその関係に疲れてしまったのかもしれないね。互いに依存などを求めるげすなカップルである事にも。でも本当に愛しているんだよ。理解して欲しい愛しているのだ。お前達に何一つ非はなかったただただ私の精神力不足なんだよまったく。でも何と言ってみれば今お時間はまだ五時半なのですしかも午後のです。私は午後五時半にしてらりっているのである。まだ皆デスクワーキングなのにらりりってててこんな散文を書いているね。というか私さっきながら族っていうのなってた。台所に行ってアブサン飲もうっちゅー計らいで行って何でかって言えばアブサン飲みたくてでもコップがなくて洗ってたのね。ほんで私の口には煙草がくわえられていてつまり煙草を吸いながらコップを洗いながらオーシットブルシットファッキンアスホールとか嘆いてたのねつまりながら族てぅ事なんだよ胃が熱いよ全く。今ちょっと肩がぴりぴりしたよそれってあったかーい車の中にいたのに突然運転席の男がゲーセンあるーっつって止めた車から出た瞬間のその瞬間みたいなまた灰落としちまったよまったくだって灰皿が遠くて届かないんだよ。でもそれ言い訳で今夢中で書いてたから灰とか気になってなかっただけなんだよでもね。でもね、私のも悪リイところはそこだと思うわけよていうか思い出したけどデスクワークって何だとても大変だと聞くぞこの野郎。皆さん私の連合に入りなさい頭は痛いけれどもその他は痛くないよー痛くないよー。お注射痛くないよー。あーくしゃみ鼻の中が濡れてる！　今煙草に火を点けたけれど前にそれをしたのは大分昔の事と思われる。私は久々のその感覚に鳥肌をたてて喜ぶけれど鳥肌は寒くてたったものなので大した意味はない。皆うすうす気付いてるんでしょう自分の生には意味がない事を。私もうきょうはもももういいい。言わないよ何だっていいもんあなたがどうなったとしたも私のライフスタイルがどうだの何だの言わないし。言われないし。どうでもいいし。でも私の事考えるのも必要だってこた忘れちゃいけないよ大事だよ私は。ああもうさっきからずっと足に虫が這ってるような気がして見てみたら何もいなくてああなんだ勘違いかと思ってデスクに向かった途端また虫が這うから叩こうと思って見てみたら何もいなくてああやっぱ勘違い。と思ったとたんまた這うからもういい加減にしろって叩いた瞬間潰れた虫が手にくっつきやがった。潰れたくせにまだ虫が這ってるよいい加減にしろよ本当にまったくもうそういうのほんと困るんですよ私。そう連ごうつくりましょゅーよー。私はコミュニケーションを欲しているのだろうかいやちかう連合である連合で。それは連合以外の何物でもなかった。さあ私の太陽神よ舞い上がれ安宿に泊まる私を照らせその光で今とてつもなく嫌なもの見ちったよ全くどういったこったいこれは。今までどうでも良かった事つまり薬とかガムとか飲み物とかそういう口にいれる全般のものについて私はよく考えるねどうでもいいけどね。こいつらは私を殺す。殺す。殺すから私はそれらを口に入れる事を厳禁としている。でもする。〃たからいつまでも私はこんな精神と共に生きているのだこのような精神を捨ててしまいたいにも拘わらず。このような精神。このような精神を私は捨ててしまいたいのだ精神それは人を、とんでもない人間へと導く事に関しては天才である大嫌いであるこんなもの大嫌いである大嫌いであるのだ。むかつくやつがいるよどうでもよくないけどむかつくやつがあるよ

十二月一日の晩に書かれた錯文は、「のーとし」と名付けられていた。「はきとし」と何か関係があるのか、今の私には分からないが。昨日は、今日も正気を失うのだろうかと考え、鬱々とどうしよう、どうしよう、と思っている内に、ナチュラルに錯乱していった。昨晩書いた錯文を読み返す行為も、日常にとけ込み、れっきとした習慣になった。まるで自分の事を知っている誰かが私に手紙を送っているようで、気色悪い。錯乱している時の私は正気な時の私と交換日記などをしたいと考えているのだろうか。錯文を読み終えて、

何故私は毎回こんな物を読むのだろうと考える。そこに何か得られるもの、そして得た上で役立つものなどが、本当にあるのだろうか。こんな文章を書く余裕があるのなら、錯乱している間に連載に使える原稿でも書いておいてくれればいいのに。ため息をついて文書を閉じ、フォルダに入れ、今日は何を作ろう、そう考えながらレシピ本を取りに立ち上がりかけた瞬間、そう言えばと思い出す。何か、何だか、何だか私には昨日メールを送った記憶があるのだ。そう、何か、誰かにメールを送っていた。それも、そう、確か、彼にメールを送った記憶があるのだ。何か、錯乱したままメールを書き、送ってしまったのかもしれない。血の気が引くような感覚の中、私はマウスを強く握り、メールボックスを開いた。送信メールのフォルダを開くと、やはりそこの一番上に彼の名前が映し出された。まずい、何か妙な事を書いて送っていたらどうしよう。どうしよう。どうしたらいいんだろう。妙な事を送ってしまっていた場合の言い訳を考えながら、送信メールをクリックした。何も、映し出されなかった。一文字も、そこには何も書かれていなかった。ああ、何、空メールを送ってしまっただけか、ふっとため息が出そうになった瞬間、そのメールにファイルが添付されている事に気付く。そしてその瞬間私は全てを思い出した。ああどうしよう。どうしたらいい。今私は、どうしたらいい。力が抜けて手ががくんと落ちた瞬間、デスクの端にぶつかった。ぐりぐりと、皮から肉へ骨へと染みてくる痛みも、リアルに感じる事が出来なかった。添付ファイルを表示してみると、やはりそこには「アミービック」、そう書いてあった。もしかしたら私は、知っていたのかもしれない。メールを送っていた事をきちんと記憶していたのかもしれない。ただ、錯乱している時の自分の行動を卑下していて、その時の記憶など抹消しようとしていただけなのかもしれない。私は、記憶を無くした振りをしていたのかもしれない。演技をしていたのかもしれない。思い出したなど と、格好をつけているだけで、本当は全て覚えていて、しかも、最初から全て、正気の時からそれは仕組まれていたのかもしれない。いや、仕組んでいたのかもしれない。彼に「アミービック」を送るために、昨日私は錯乱したのかもしれない。そんな事が、果たしてあるのだろうか。止まらない、疾走する想像に、涙が流れた。何が悲しいのだろう。いや、あるいは何かが嬉しいのか。このような私の思考はうわべだけであって、本当はこれが何を意味した涙であるのか、本当はもうすでに、知っているのかもしれない。錯乱している時の私自身と、今のこの正気の私自身はもう、私の意識外のところでとうの昔からシンクロしていたのかもしれない。ぶるりと体が震え、肩が上がった。むかつくやつがあるよ、という錯文の締めくくりが自分に向けられているような気がして、そんな気がした瞬間はっと短いため息がこぼれた。

　幾度も思い悩んだ。幾度も幾度も、携帯を開いたり、メールボックスを開いたり、した。しかし私は何かしらのアクションを起こす事が出来なかった。何かに緊縛されたかのごとく、発信する事が出来なかったし、言い訳や説明の内容をびっちり書き込んだメールも送信出来なかった。彼に何か言い訳する事、それは何だか、自分自身に対して言い訳をする事のような気がした。しかしそれだけではない。私は、自分から彼に関わる事が、どうしても出来ない何かしらの理由を、たくさん持っていた。彼からの電話は来ない。彼はあれをもう、読んだだろうか。読んだに決まっている。もう会社に出勤しているはずだし、私からの添付ファイルを後回しにするような事がないのは、普段から原稿のやり取りをしているから分かり切った事だ。明らかに枚数が多いから、まさか来月号の原稿とは思わないだろうが。一体、彼はこれを読み、一体何を感じ、一体何を、一体何を私に見るのだろう。いや、それ以上に私は、これを書いた私に何を見ているのだろう。私は本当に、冷静に「アミービック」を書いたのだろうか。私は必死に、これ以上にない切実さで書いたのではないだろうか。いやむしろ、私はあの文章を書かされていたのではないか。「アミービック」を映し出す液晶を見つめる瞳孔が、ふわりと広がったのが分かった。また、分裂した。そう思った。

　それから二日後に彼からの電話が来るまで、ずっと生きた心地がしなかった。二日間、錯乱もしなかったし、酒も一滴も飲めなかった。起きてから寝るまで、延々とお菓子を作り続けていた。ソリティアとお菓子作り以外に何もする気が起きず、カードを重ね合わせたり、お菓子を作っていないと気が触れてしまいそうだった。延々、材料を計量したり、混ぜ合わせたり、練ったり、焼いたり、冷やしたり、していないと、自分の中の物がどんどんと崩れてしまいそうだった。お菓子の材料を合わせ、焼いたり固めたりするという事は、自分自身をも形成しているかのようだった。錯乱なんてとんでもない。そんな気がした。私は、正気でいなければならなかったのだ。正気を失いたいという思いを抱えながらも。正気でいなければならない必然性、そして確固とした理由が、そこには存在していたのではないか。私はずっと錯乱に助けられていたのかもしれない。支えられていたのかもしれない。錯乱していたという事は、錯乱する必然性があって、それに私はただただ忠実であっただけだったのかもしれない。そしてこの間、その何らかの理由によって、私はそれに忠実であれなかったのかもしれない。彼からの電話が来た瞬間、本当に、涙が出そうなほどの思いで、携帯にすがりついた。ご飯を食べに行かないか、いつもと変わらない彼の言葉を聞いた瞬間は、何か呪縛から逃れたかのような気分だった。

レストランに向かうタクシーの中、私は彼女の振りをしたいと強く思ったが、運転手は行き先を聞いてすぐに黙り込んだ。私は黙ったまま、自分の欲求にもじもじと足を摺り合わせ、体を疼かせるだけだった。

「久しぶり」

軽やかにそう言い、すでに先に来ていたジントニックのグラスを下ろした彼を見て、呪縛は完全に消え去ったかのように思えた。

「久しぶりね」

動揺を悟られないように言い、隣に腰掛けた。彼には何かを言い出す気はないように見えた。もしかしたら、彼に「アミービック」など送っていなかったのではないかと思わせるその態度に、自分自身に対して不信感を抱き始めた瞬間、彼はボーイを呼んだ。私の疑念はさらに深まる。自分の分の料理と私の分のジントニックを頼むと、彼は吸っていた煙草をもみ消し、原稿の進みはどう？　と聞いた。一体どうなっているのだろうと、一瞬眉間に皺を寄せ、それを慌てて戻してから私は一つ小さく息を吐き、口を開いた。

「ええ、そうね、まだ書いてないわ」

「そう。まだ締め切りまで日があるしね。でもまあ、余裕を持って、ね」

「ええ」

「ああ、そう言えばあの原稿は何だったの？」

一瞬にして崩れ去った疑念に、安心し、逆にまた、何と説明すればいいのかと、焦りを感じた。何か嘘を。言い訳を。そんな考えとは裏腹に、「普通に、私が素で書いた文章よ」という言葉が口から零れた。

「普通に、素で書いた文章？」

「そう」

「そう」

「ごめんなさいね、突然送りつけてしまって。あの時酔っていたの」

「ああ、そうじゃないかと思ったよ。書いたのも、酔ってた時でしょ？」

「書いた時は酔っていなかったわ」

「そうなの？」

「ええ」

「それにしては、若干破綻的なような気が……」

「……破綻？」

「……あれは」

「なあに？」

「どういう意味なの？」

「どういう意味って、あのままの意味よ」

「あのまま？」

「レトリックもどんでん返しも夢オチも何もないわ。あのままの意味よ」

「あのまま、ね」

「あのまま、ですけど」

「このまま、ねえ」

　彼はそう言いながら鞄を漁ると、クリアホルダーに挟まった、ホチキスで留められた原稿を取り出した。

「え」

「プリントしたんだ。来る前に別の原稿をプリントしていて、ついでにこれもプリントしておいたんだ」

「ああ、そう」

「面白かったよ」

「そう、かしら」

「うん。ちょっと分かりづらいけど」

「そう」

何か、言葉によって補足したいという気持ちと、そんな事をしていいのだろうか、そんな事をしたとして何が伝わるのだろう、という不安が戦った。説明しても何も伝わらなかった場合私は何だか、自分がした事のくだらなさとか、どうしようもなさを、実感してしまうような気がした。彼がぱらぱらとプリントをめくると、いつも原稿を読まれている時は一度も恥ずかしいなどと思った事はなかったのに、親に作文を採点されているかのような、そんな恥ずかしい気持ちになった。

「何か、分裂していく感じっていうのは、分かるな」

「……本当に?」

「つまり、ユーリゼンとサルマスとルーヴァとアーソナみたいな話でしょう?」

「それは、一体……」

「ユーリゼンが理性、サルマスが肉体、ルーヴァが感情で、アーソナは想像。ウィリアム・ブレイクの四つのゾアだね」

「ああ、なるほど」

「それらが、個々の人格を持って動いているような気がするって、そういう感覚の話？」

「そう、まあ、そういう種類の感覚ではあるんだけど、もっと、こう、細かい分裂の仕方で、つまり、そのユーリゼン？　たちが、私自身のような人間と同じような、つまり、そう、その四つが個別の人格を持った人間とすると、その四人の中にまた四人のゾア？　があるとするじゃない。すると、その十六人がまたそれぞれ四人のゾアを抱えていて、さらに六十四人がまたそれぞれ四人のゾアを抱えていて、というような感じよ。というか、私はもっとリアルな、現実に、手に取るように感じられるような分裂感覚の描き方をしているんだけど、ここに書かれてるのはアミーバ、つまりゲル、つまり音なんだけど、音を感じるのは聴覚でしょう。そして、聴覚がある故に鼓膜によって与えられた振動を脳が音だと認識するわけじゃない」

「うんうん」

「聴覚も鼓膜も脳も、別個の意志や感情を持った物体として感じられる、みたいな」

「全部繋がっているのに？」

「うんまあ、それらが分裂して個別に物事を考え、動いているような感覚で、つまり音として感じていたものが聴覚、ゲルになったと感じたのが触覚、頭に入り込んでアミーバになったと感じたのが視覚でしょう？」

「アミーバは、見えたの？」

「そう、ね、まあ、想像力と言ってもいいのだろうけど」

「で、それら三つが感じた物は、全て別物だっていう事？」

「そう。そうなんだけど、別物なんだけど、それ故にそれぞれ音やゲルやアミーバを感じて、それらが音であるとかゲルであるとか、そういう認識をする部分というのは、自分自身の中に混在しながら、とても離れた世界に生きているように感じるの。音であると認識した部分、つまり聴覚、鼓膜、脳、この三つすら分裂しているのよ。そしてその三つの中にもまた数百という人格が存在するのよ。つまり、そうなるとそれを感じたり考えたり認識したり主張したりしているそれらが、自分自身であるという感覚を失うわけじゃない」

「……うん」

「そしてそれらが自分自身でないような気さえするとするでしょう？　そうなると、それらが感じた感覚や認識というものを信用出来なくなっていくのよ」

「……うん」

「だって、音がゲルになってアミーバになるのよ？　そんな事って、あまりリアルに想像出来ないじゃない。そんなのとってもシュールじゃない。でもそう感じられたという事はそうであったという事なのかもしれないけれど、自分の中の他人が感じて、他人が考えた上で、他人が結論づけた、これは何々であるという他人の主張なんて、そう簡単に信用出来ないのよ」

「それは……」

「ええ」

「難解な話だね」

「ええそうね、でも感覚的なものだから、頭で考えるんじゃなくて、より肉体的に感じてみれば分かりやすいと思うんだけど」

「俺には、あんまり分からないな」

「……そう」

「俺もね、四つのゾアを仮定する事で、それらのどれかが独裁的にならないよう、バランスを取っていた事があるんだ。でも今では、その頃のような分裂を感じる事はないし、自分自身が本質的に揺るがされる感覚もないな。それに、そこまでの大々的な分裂は、ちょっと分からないかな」

「でもじゃあ、例えば、ここに、この、私の親指があるじゃない」

「うん。綺麗なマニキュアだね」

「この皮膚と、触覚と、脳が分裂している感じ、分からない？」

「うん。あんまり」

「皮膚も触覚も脳も思考も、全て分裂して自分自身が疎外され、隔離され、断絶されている感覚って、分からない？　というより、分裂し過ぎて自分自身というものが分からなくなって、何百にも分裂したゾアは確固として存在しているのに、自分自身というものはそれらとは全く無関係の、違う世界に存在していて、無色透明無味無臭の実体のないものではないかという不安や疑問や恐怖、とか、分からない？」

「分からないな」

「……うん。そうね、ちょっと病的な心理かもしれないし、そうね、仕方ないわね。きっと当然の事だわ。というより分かってもらえなくて逆に安心したふしもあるかもしれないわ」

「そう。それは、良かったのかな？」

「ええまあ」

「それは、良かった」

「……ねえじゃあ、ここにおしぼりがあるじゃない？」

「うん」

「じっと見ているとこれが動く感じ、分かる？」

「動く？」

「そう。これがぐにゃぐにゃ動き始めるの」

「動かない、よね？」

「動くのよタオル系の物は」

「いや、まあ、動かない、よね？」

「……そう。うん。動かない？」

「うん。動かない。これは動かないね」

「そう」

「それは、良かった?」

「ええ。良かったわ」

「ところで、その分裂感覚はよくある事なの?」

「そんな、毎日感じているわけではないわ。たまに、よ。足元からくるの」

「足元?」

「ええいつも、足元から嫌悪感が入ってくるの」

「嫌悪感?」

「その嫌悪感がハサミのようなもので、元々分裂している私たちを束ねているビニールテープを切ってしまうの。まあ、ビニールテープなんて適当な物で束ねている私自身にも非はあるのかもしれないけれど。でも私は嫌悪感にビニールテープを切られるまで、束ねているそれがビニールテープだって事に気付いていないのよ。いつも、鉄筋コンクリートや鉛で固めているものだと思っているの。切られて初めてああテープだったんだあ、って思うの」

「その、嫌悪とか分裂感覚っていうのは、元々、つまり子供の頃からあったの?」

「まあ、そうね、物心ついた頃からあったわ。一番頻繁に感じていたのは思春期の頃かしら」

「そう。つまり、性欲の強い時に感じるものなの？」

彼がそう聞いた時、パスタが運ばれてきた。チーズをお入れしますか？　というボーイの言葉にはい、と答える彼。ボーイがチーズグレイターのハンドルを回し、粉チーズを振りまく。あ、そのくらいで。彼がそう言うと、ボーイは皿を差し出し、去っていった。ふわりと、ねっとりとした湯気に乗ってチーズの臭いが漂い、私は少し顔を背けた。店の端にインテリアとして置かれている大きな金杯が目に入った。とても大きな金杯だわ。信用ならない視覚から、信用ならない情報が流れる。煙草に火を点けると、煙を吸い込む時に吸った空気が肺の中で震えた。

「そうだ」

「何？」

「今日、会社からタクシーに乗るまでの間」

「うん」

「ライン踏みをしてみたんだ」

「どうだった？」

「結構面白かったんだけど、歩きづらくてね。五歩で止めてしまったよ」

「あなた」

「何?」

「歩くのが速いものね」

「うん」

　彼がパスタとサラダとガーリックトーストを食べ終えるまでに、私たちはまた幾つかの話をしたけれど、性欲のメタファーと、ライン踏みの話はそれ以降出なかった。氷で薄まったジントニックを飲みながら、私はそのジントニックが私になっていくところを想像した。ああまた一つ、ジントニックという物体を受け入れ、また一つ、私は分裂した。

　部屋に寄って行くかと聞くと、彼は微笑んで頷き、タクシーを止めた。マンションの近くの交差点を告げると、ドアを閉めたタクシーは走り出した。いつも彼女の振りをしている場所で、彼と二人で居る事に少々動揺しながら、足に触れる彼のコートの感触にどきどきした。

「そうだ」

「何?」

「換気扇……」

彼が換気扇という、あまりセンスのない言葉を口にした瞬間だった。彼の携帯が鳴り、私たちの会話は中断された。電話越しに何やら慌しい会話が繰り広げられ、彼の話している内容から今夜は一緒に帰れそうにない事を察した。来月号の特集インタビューの依頼相手が突然断りの電話を入れてきたらしく、ピンチヒッターを誰にするか至急打ち合わせをしなくてはならない、彼は電話を切るとそう言った。彼はタクシーを止めさせ、また今度電話する、そう言って、爽やかに微笑んで万札を一枚私に渡すと、タクシーを降りた。換気扇、それはこの間変な音がしていると言った、トイレの換気扇の事だろうか。そう考えながら彼を見送った。換気扇について、話したかった。そうする事で、何らかの安心感を得られるような気がした。タクシーが走り出すと、私は前に向き直った。彼との会話を思い出しながら、もう分裂の事を考えるのは止めようと思った。分裂し続ける自分自身がいくら手に余っても、それについて何か考える事は止めようと思った。それは全く、意味のない事だ。いや、私にとって必要のない事だ。思考すら、分裂し、戦い合い、私をのけ者にするのだから。考える必要などない。そう思わないとやっていられない。とにかく、かみ合わないなりに彼と「アミービック」について話した事、それによって特に分かり合ったり、意思表示をしたりしなかった事、その事に私は、特に傷ついたり不安を感じたりしなかった。逆に本当に、どこかで安心していたのかもしれない。彼の居なくなった隣を見つめながら自分が、彼が好きだ、愛している、会いたい、という気持ちを持っている事に気付く。さっきの、彼氏ですかあ？　そう聞く運転手に、私は微笑んで「婚約者です」と、そう答えた。

家に着くと、私は昨日作ったレアチーズケーキとカフェノアとフォンダンショコラとイチゴのムースをゴミ袋に捨てた。その上から指でお菓子たちを潰すと、愉快な気分になった。

ああ寂しいああ悲しいふふ一人だ私は。何故私が錯乱をやるのかと言えば、錯乱をしている瞬間もしくは錯乱している時間幾らかの時間は寂しいとか悲しいとかそういう事が当然だと思えるからなんだよだって当然じゃんでもまともな精神で生きているとああやっぱり誰かと融合したーい一体化したーい溶け合いたーいとか思っちゃうじゃんかだからわざわざ錯乱するんだよね自らね。ところでさっき私糞をひりだしたのだけれどああ糞をひりだしたくないと思いながらひりだしていたら何とも悲しい気持ちになってきてああもうほんとどうして食事もしていないのに糞なんてひりだしてしまうんだ私はと考えてしまってうわんと一泣きしたのだよ。さっき足が震えたと思ったらもう手が震えてて仕方がなくてキーボードを打つ指が震えているよ。私ていうかそれ以上に瞼が重いどうしたものか。と言いながらアブサン飲むこの理不尽ね。もー今日は何故だかアブサンがめちゃんこうまい。いつもうまいんだけど今日格別。というよりも私はもうずっとずーっと前からまともな食事をしておらず、ここ一年で口にしたものと言えば漬け物とか野菜ジュースとかお酒とかそんなものばかりで、今日起きてから口にしたのは胡瓜の浅漬け一枚だけなのだから。しかも食べたらお腹が気持ち悪くなって糞をひりだしたっていう按配でもある。その後あれだね。錯乱しつつジンとかカフェインだとか鬱の薬だとか飲んだから私今とてつもないね。くちゃみがね。出そうだね。今日ね鏡見たら体重が落ちに落ちてがりがりになっててそれ見た瞬間恍惚とするとともにああ死ぬって感じたけどそれは嘘の死の実感で本物ではなかったから、私は特に何かを食べようとかそういう事は考えなかった。ていうか何かを食べるためには何かがなければいけないわけだしね。で、酒飲んだよー。そんでねー早く早くくらりりりりったいっていう事でアブサン。今日は良いらりりりかたをしないね。だから私そろそろ寝ると思うよ。アブサンもさ、出来れば飲みたくないわけよ。だってそれは私に必要がなくて、どうでも良いものなのだもの。それはつまり生きても死んでもどうでも良いという事でもあるのね。昨日の夜そうね昨日は大根の漬け物を二、三切れ食べたけれどもやはりお腹が気持ち悪くなってそのままベッドに入ってその中で私明日はハンバーガーのセットと牛丼を買ってこようと思ったのどちらかを昼飯にどちらかを夕飯にしようって試みね。馬鹿じゃないの頭悪いんじゃないの。食事しようだなんてあんた馬鹿じゃないのって話。冗談でもそんな事考えちゃいけないよ衰退だよ死ぬよあんたそんな事したら死ぬよ。て言うわけだよ。でも言われなくてもどうせ私そんな事する気ないし。この後また寝るしね。食べたら吐くしね。どうせね。だっていらないんだもの私の身体に要らないから私の身体が吐くという図式のどこに破綻があるんだこんちくしょう破綻破綻っていうけれどなあお前じゃあ破綻って何だよどこにあるのだ。破綻という言葉に込められた、喜びや、悲しみや、憤り！　それらをお前は理解しているのか。と、問いたいのだよ。発散したいのだよ私は一つ一つの毛穴！　口！鼻！　マンコ！　足の裏！肛門！　あらゆる部位から発散をしたいのだ。内にある。そう内にある私のものを出していってくれ私のものを、どんどんと外に出してくれ。それはじゃあ出たら私の物ではなくなるのか？　いやいや言葉のあやだね私ではなくなるのか？　その私だったものは外に出た時どんな形をしているのだ。色々な部分から出てしまったそれらというものは。私の身体を出た事をどう思っているのだろう。一体、私の身体に居た時の事私だった時の事をどう思っているのだろう。私の身体を出て、彼らは今、どういう気分でそこに、そこに！　いるのだ！　考えろ！　想像しろ！　想像するのだ克明に！　想像してやるのだ！　肛門！　そう肛門よそして尿道よ！　お前らは日々良い働きをする。私の内なるものというものを排出排泄するではないか。そこに何か破綻があると君は感じるだろうか。お前は私が吸収して吸収して潤った後に残ったその残りカスを排泄する場所だろうそれをそれをどうにかこう破綻に繋ぎつけるとしたらじゃあどんな形になるんだい。ウンコ！　とか、イワナいけど言わないけどね。破綻とウンコをどう定義づけるのだい君はという質問だよ質疑応答だよさあ今答えを。答えよ。今また飲んだね。飲みましたね。だんだんね、飲む瞬間がずるずるしていくねだってずるずるして鼻がね。鼻がね。はなじゃない感覚になっていってというか今私服を脱ぎたいんだけれども肛門！　肛門！　お前と私はもっと向き合って話すべきだと思われるよ。というよりも人間は、自分自身の肛門ときちんと向き合えないから、恋人の肛門とコミュニケーションを図ろうとする生き物なのかもしれないね。ああねえ肛門よ君たちは私たちとどのようなコミュニケーションを図りたいと考えているのだい？　ちょっと聞かせておくれよ。ねえ肛門期。ねえちょっと私は今裸になったのだけど寒くない。まったくたまねぎのせいもあるけど涙が出てくるぜ。こんちくしょう誰か助けてくれればいいのに誰かが私を多すれに来てくれるばいいのに誰かが。そう誰かが。歩み寄れ優しく手をさしのべろ私を受け入れろこの野郎誰か私を助けに来てくれればいいのに私を助けて私の存在を証明してくれればいいのに私の存在を声高に叫んでくれればいいのにそれは奇しくも自分からではなく誰かからという事が大事であって誰がという点も大事であるのだ。唯独りで生きる人間は罪であると言うではないかそうそうそう誰かが言っていたではないか私どうでもいいけど〟むかつく何かがむつかく何何何もいいけど何もだめわ〟。」tzh

彼と「アミービック」について話してから、つまり、分裂感覚について考えないようにしようと思い立ってから、正気の私はその前より楽な気分のまま生活を送る事が出来るようになった。お菓子もせっせと日々量産され、捨てられた。ゴミ袋に捨てられたお菓子をビニルの上からぐちゃぐちゃと潰すのは、お気に入りの趣味となった。それをする時私は少なからず興奮している。お菓子を潰す、それはとても楽しい事である。時に、足で踏む事もある。憎むべきものを踏みつける行為、それはとても楽しい。ぐにゃり。しゃくしゃく。ぐすぐす。あの感触はたまらない。私は健康な精神で、積極的に、視覚的に美しいお菓子を作り、潰すよう努めた。しかし、錯文の内容は何やら切実さが増した。そして、彼に会いたい、そう考える時間が増えた。彼と居ても何の感情もないのに、意思表示もないまっさらな時間を過ごすだけなのに、やはり一人で居る時、私は彼の事ばかりを考えてしまう。一緒に居る時はあんなにも孤独なのに。正気の時、彼に会いたいと思うのはとても自然な恋愛感情であるけれど、錯乱している時に彼の事を考えると、錯乱は加速する。しかし、それは彼への愛が錯乱している、というのとはまた何かが違うような気がした。もっと何か、何かに対する抵抗感を持って錯乱は自ら加速していっているような気がした。正気の自分がアミーバ的な感覚についての考察を怠り、思考自体ほぼ失っているのに対して、錯乱している時私は自ら進んで分裂感覚を突き詰め、掘り下げているように思えた。錯乱する事や、酒を飲んだりする事によって、分裂に対する抵抗感が振り払われてしまうのかもしれない。それにしても最近、自分自身の強い精神力でもって錯乱するのをどれだけ制止しようとしても、それが一向に報われない。正気でいられる時は楽で、錯乱している時もある意味楽であるが、錯乱から醒めた時の自己嫌悪は長い事私を苦しめる。彼の言葉を思い出し、錯乱していた自分を哀れみ、許してみた。許し方はよく分からなかったけれど、許した、そう思ったら少しだけ重圧がなくなった。しかし分からない。もしかしたら、錯乱している自分が、正気の私を哀れみ、許しているのではないかと考えた。だとしたら、今私が重圧がなくなったと考えている事は、とてつもなくお門違いな事である。今私がもみ消した煙草のせいで、満タンだった灰皿から吸い殻が三本こぼれたのを見て、やっと外出をする決心がついた。今、これ以上一人で部屋に籠もっていたら、錯乱と泥酔以外にする事も出来る事もなくなってしまいそうだ。耐えられない。一言呟いて、私は立ち上がった。先ず、風呂に湯を溜めた。風呂が沸いたというアナウンスが流れた時、一瞬やっぱり今日は外出などするべきではないかもしれないという思いに囚われ、足が止まったけれど、すぐに強い意志でもってバスルームに向かった。風呂に入り、上がり、化粧をし終えた時、五時には出ようと思っていたのにもう六時近い事に気付き、慌てて買ったばかりのコートを着てバッグを持ち、キーケースを手に玄関のドアを押し開けた。外の空気に触れると、外に出ようかどうか鬱々と考えていた自分がとても滑稽に思えた。外出しようかどうか悩むだなんて、ちゃんちゃらおかしいぜ。言わなかったけれど、そう言いたい気分だった。浮き足だっていた。外の音や空気の質感や視界が、とても楽しく、嬉しく、爽快だった。

タクシーを拾える大通りまでの道のりが、とてつもなく長く感じるのは、冬だけではない。夏もそうである。暑い日は特に長い。私はもちろん汗をかかないが、体に熱をため込む習性がある。顔には出ないが、しばらく我慢していると倒れる。そんな時の私は青ざめて、まるで貧血のような顔をしているらしいが、実際にはいつも熱中症である。まあ、とりあえずご飯を食べなさいと、医者は皆言う。今年の夏は三度倒れた。私がきちんと食事を摂らなくなって、かれこれ一年になる。この一年、サプリメントとたくあんと胡瓜の漬け物と飴と飲み物だけで暮らしてきた。それらをいつも状況によって使い分けている。とりあえず極力、飲み物だけで過ごす。体がだるい時はエネルギー、ビタミン不足なので、ウコンとマルチビタミンのサプリメント、あとカロテンやカルシウム配合のチュアブル、それでもだるい時は無水カフェイン入りの薬。時々バランスをみてにんにくやごまのエキスや納豆菌やローヤルゼリー配合のサプリメントも飲む。胃に不快感がある時は胃酸がたまっているので、たくあんか胡瓜の漬け物。仕事に集中出来ない時はブドウ糖が足りていない時なので、飴。ああなんて充実した食生活だろう。私は絶対に、幾ら作ったとしても、作り続けたとしても、死んでもケーキなど食べない。

「ご乗車ありがとうございます」

「六本木ヒルズまで」

そう言って煙草に火を点けると灰皿に張り紙がしてあって何と「禁煙にご協力お願いします」と書いてあった。運転手が振り返り煙草を見つけ「あ」と言った。

「あー、火ぃ点けちゃった」

「ああ、いいですよ」

若い運転手はそう言って笑った。よく見ると耳にピアスなどしている。暴走族上がりだろうか。私は運転手のネームプレートをじろじろと見つめながら灰皿を開けた。お客さん、ほっそいですねー。運転手がそう言い、バックミラー越しに私を見た。ええまあ、などと答え、後は彼に聞かれるがまま、快調に話し始めた。ずっと、来月結婚するんです、と言っていたところが初めて、今月結婚するんです、に変わった。良い式になるといいですね、運転手はそう言った。ありがとう。微笑みながらそう言うと、バックミラー越しに目が合った。暗い車内に、私の嘘が飛んでいる。それは蠅のように飛び回り、うるさく、汚く、邪魔だけれど、私も運転手も、窓から追い出す事はしない。それは蠅なんかよりどうでもいいものであるからだ。私の嘘は、誰にも暴かれる事がない。暴かれる事のない嘘が、少しだけ可哀想に思えた。それは、自分が可哀想に思えた、という事とはまた別である。いつだか彼が言っていた嘘を思い出した。私を殺し換気扇に入れたという嘘を。彼の嘘は可哀想ではない。彼の嘘は、愉快だ。ただただ愉快なだけだ。私もいつかあんな嘘を、つけるようになりたい。

タクシーがヒルズに着くと、料金を払い、領収書をもらい、タクシーを降りた。お幸せに、という言葉を背に。しかし、タクシーから降りた私は、もう私である。もう、私の愛する彼が愛する女性ではない。だから振り返らなかったし、ありがとう、と言う事もしなかった。ヒルズの店をしばらく物色していると、調理器具の店にたどり着いた。そこには、クリスマスグッズも並んでいた。クリスマスの頃にはもう、さっきまでの私は結婚しているのだろうか。そう考えたら、手に取って眺めていたまつぼっくりの飾りを落としてしまった。食器コーナーを見ているのはカップルが多く、彼らは皆、どう見ても食事を摂っている人間だった。それはそうなのだ。食事を摂らない人間には、コップかグラスさえあれば良いのだから。いや、それも格好をつけている。私は大体、ペットボトルや瓶に直接口をつけて飲む。グラスを使うのは、彼と一緒の時だけだ。もしくはたまに、酒を嗜む時だけだ。その店には、近くのスーパーでは見た事のない型や、細かい調理用品まで並んでいた。私はハンドミキサーとフードプロセッサー、ケーキクーラーとシュガースプリンクラー、ケーキナイフ、パイ石、クグロフ型を買い、配送してもらった。これで、お菓子作りが楽になる。ずっと、泡立て器でメレンゲを作るのは無理があると思っていた。それに、フードプロセッサーがあれば、パイ生地を作るのも簡単だ。届いたらまず最初に何を作ろう。私は持っているレシピ本に載っているお菓子を頭で思い出しながら歩いた。しばらく当てもなくぶらぶらとしていたが、さっきタクシーを降りた時に目に入り、気になっていたコートを、やっぱりもう一度ちゃんと見てみようと思いながらヴィトンに向かった。黒いベルベットのコートを羽織り、腰元のベルトを締めると、それはぴちりと私の体にフィットした。じゃあこれを。何故だろう。何故買ってしまったのだろう。これで、今年に入って六枚目だ。このまま着ていきたいので、こっちのコートを包んでくださいと言って、コートをチェンジした。出来るだけ小さな袋に、とお願いしたのに、出てきたのはとても大きな袋だった。これでは今日これからのショッピングが困難になってしまう。憂鬱になりながら、笑顔の店員に見送られた。

それからしばらく、大きな袋と格闘をしながら店を覗いた。何故か、どこの店を見ても目に留まるのはコートばかりだった。まったく私はコートフェチかっつーの。そう思いながら、物欲を抑えた。レトロな花柄のコートを横目に見ながら、手袋と靴下を買った。手袋は二の腕の途中まであるレザーの黒で、靴下はニーハイの唐獅子模様。唐獅子模様のソックスは初めて見た。それだけの理由である。いやしかし、これを履いてパンプスを合わせ、今日買ったコートに合わせたら意外と合うかもしれない。頭の中でコーディネートをしているとうきうきしてきた。そうだ、今日買ったコートはマダム風だから、それに合う化粧をしたい。では、化粧品売り場だ。ヒルズの中をしばらくうろうろして、やっと目的の化粧品店にたどり着いた。このコートに合う化粧を、そう言うと化粧の濃いギャル上がり風の女がこんなのは、とアイシャドウ、チーク、口紅を持ってきた。もうちょっと薄いものを、パール入りじゃない方が、グロスはないの？　などのやり取りがあって、十五分もすると私はマダムメイクになっていた。シャドウ、チーク、口紅、パウダーアイブロウ、グロスを買うと、店を出た。外の空気に触れると、一瞬体が縮んだ。迷路のようなビルを彷徨い、この間と同じカフェバーに行き、エスプレッソを飲んだ。時間が遅いせいか、この間よりも人が多かった。窓際にディスプレイされた、水が滴るガラスに、安っぽい映像が映し出されていた。どうせ売れないアーティストが撮ったんだろう。稚拙なカメラワークで、撮られた海を見ていて酔った。外見がマダム風になったからか、身のこなしまでもしなやかになっているような気がした。それにしても今日も、周りはそれぞれ何かを食べている。しかし私も、歩き回ったせいか喉が渇いていた。シングルのエスプレッソでは渇きは癒えず、ジントニックを注文した。ジントニックでウコンサプリメントを三つと、マルチビタミン剤を一つ飲んだ。何だかとても、心が穏やかだった。今私には、特に苛立つ事も、特に悲しい事も、特に辛い事も、特にない。慢性的なものであれば、数え切れないほどあるけれど。突然、私の前方に青梗菜の臭いが漂い、口の中のジントニックを吐き出してしまいそうになった。和風パスタらしき物が載った皿は、隣の席に座るカップルの女性に出された物だった。私は、緑の野菜は胡瓜しか認めない。それも、ぬか漬けの臭いがしている胡瓜しか認めない。何故青梗菜だなんて青臭い事に関してはダントツの野菜を出すのだろう。パスタの皿にフォークを伸ばす女。男も、よく平静でいられるものだ。あんなに醜い、食事を摂る生き物を見つめながら。などと思っていたら男が真ん中に置いてあったマッシュポテトにフォークを向けた。左隣のテーブルを見ると、さっきまであったパスタの皿は空になっており、代わりにブルーベリーのタルトが載っていた。ああ、今日は帰ったら何かフルーツのタルトを作ろう、そう思った。タルトの作り方を頭に思い浮かべる。タルト生地の作り方は、材料のグラムまで、もう既に暗記している。中身は何にしよう。カスタードと生クリームを重ねて、イチゴのタルトもいい。ブランデーソースの、洋なしのタルトにしても良い。それとも、アーモンドクリームのアップルタルトにしようか。帰りにスーパーで何を買うべきかと考えながら、タルトにフォークを伸ばす女を見ると、とんでもない豚だった。ジントニックで口直しをし、カフェ中の人たちをサングラスの下からちらりと観察してみた。皆、醜かった。

「こんにちは」

突然そんな言葉が聞こえ、向かい側の椅子が引かれた。そこに座ったのは女だった。私と同じくサングラスをかけた、私のような似非ではない、本物セレブ風の女だった。

「そのサングラス、素敵ですね」

動揺を悟られないようにそう言うと、女は笑って手に持っていたウィスキーのソーダ割りらしきものをテーブルに置いた。突然私の向かいに座ったくせにサングラスを褒めてやった事に対して何の返答もしない彼女に、私はもう一つかける言葉を探した。

「グッチのサングラスって」

「はい」

「レンズが大きいのがいいですよね」

「ああ、そうですよね。小さいのはあんまり可愛くなくて」

「…………」

「…………」

「それで」

「え？」

「何か私に用ですか？」

「え？」

「何で、この席に移ったんですか？」

「あ、こっちです」

彼女はそう言ってボーイに手を振った。ボーイは彼女の食べかけらしきパスタとサラダの皿を持ってきた。そして皿を置くと、何事もなかったかのようにその場を離れた。

「何で、ですか？」

「あなた、気付かないから」

「え、何に？」

「私に」

「あなた、ですか」

「そう」

「何が、あなた？」

「私が彼の婚約者です」

「はあ」

「婚約者です。彼の」

「え、ああ、え？」

「あの、私なんです」

「何すかそれ？」

「私、あなたの事一度見た事があるんです。彼の会社で。多分、打ち合わせか何かで来ていた時だと思うけど」

「はあ」

「だから、あなたが店に入って来た時、すぐに分かりました」

「はあ」

「あの、何でそんなにあっけらかんとしてるんですか？」

「……あっけらかん？」

「あっけらかんと、してますよね?」

「あっけにとられてはいますが」

「もっと、修羅場っぽくなるかと、思ってました」

「修羅場、ですか。それは、何故?」

「だって、私たち引っぱたき合っていてもおかしくないですよね?」

「え、どういう経緯で、ですか?」

「彼を取り合って」

「はあ?」

「私、婚約者、ですし」

「婚約者って、彼の?」

「だから、彼の婚約者です」

「何であなたが居るんですか? え、っと、つまり、ここに」

「ここが、指定の場所だからです」

「指定って、何指定?」

「覚えてないんですか?」

「それは一体、何を、ですか?」

「昨日の電話……」

「……でんわ」

「昨日私、あなたに電話しましたよね?　昨日、話しましたよね?」

「きのう……でんわ」

「話があるから、会いたい、と。言いましたよね私?　それで、じゃあ九時にって、ここを指定しましたよねあなた?」

「してい」

「私、彼の携帯からあなたの電話番号を写したんです」

「かれのけいたい」

「それで昨日電話したんです」

「きのうでんわ」

「………」

「でんわ……」

「……覚えて」

「…………」

「ないんですか？」

「…………」

「全く？」

「そういう……」

「はい」

「夢を見た記憶は」

「夢？」

「あるようなないような」

「夢、ですか。夢じゃ、ないです」

「じゃあまあ信じてないわけじゃないですけどとりあえず自己紹介をしてもらってもいいですか？」

彼女は淡々と、私が持っている情報と一致する答えを口にした。わざわざ生年月日まで教えてくれたが、それは知らなかったので適当に流した。仕事は、パティシエをやっています、そう言った時の彼女の「パティシエ」という言葉の響きはしなやかで、上品で、それまで私が言ってきたパティシエとは全く別物のような気がした。ずっと自分が想像をしながら、どこかで想像を避けてきた女が、今私の前に居る。その事に、私は何の実感もなかった。ただただ、想像よりも髪の色が濃く、想像よりも五センチほど髪が短く、想像よりも肌が褐色で、想像よりも指が長く、想像よりも首が太く、想像よりも嫌な臭いがした。臭い、というのは彼女の食べている物のせいだろうが。女と臭いのせいで頭が混乱して、手持っていたジントニックのグラスを倒してしまいそうだった。それも故意にではなく、手が滑ったとか、そういう原因で。まだ寝ていなかった頃に一度、彼に見せてもらった携帯の画像を必死に思い出そうとするものの、曖昧なイメージしか浮かばない。彼女だった、と言えば彼女だったような気もするし、彼女じゃなかった、と言えば彼女じゃなかったような気もする。大体、画像自体あまり鮮明でなかった。鬱々と悩めば悩むほど苛々して、気が付くと貧乏揺すりをしていた。

「はい結構です分かりました了解しました。じゃああなたは本物の婚約者、という事でいいでしょう。早速本題に入りましょう。何ですか話があるって、何のどういう話ですか？お伺いさせて頂きます」

「……それが」

「ええ？」

「人の男を盗った人の態度ですか？」

「人の男を盗った人の態度ですか……？」

「真似しないでください」

「人の男を盗った人の態度ですかだと？」

「…………」

「ああ失礼。ここ一年牛乳を飲んでいないもので」

「一時間も遅刻して、その上よくそんな横暴な態度を取れるものね」

「一時間も遅刻してその上よくそんな横暴な態度を取れるものね……」

「だから真似しないでください」

「一時間も遅刻してその上よくそんな横暴な態度を取れるものねだと？」

「…………」

「ああ失礼。ここ一年にぼしを食べていないもので」

「あなた、馬鹿にしてるんですか私の事？」

あまり良くない癖だとは思うのだけれど、私は真剣な人間を見ると冗談を言うのを止められなくなる事がある。しかし彼女の言葉遣いや態度が少なからず私を苛立たせているというのも事実である。彼は本当に、こんな一挙一動が鼻につく女と、婚約をしているのだろうか。見ているだけで、いや、気配を感じているだけで頭が痛くなり吐き気がし舌がぬるぬるし指先が痙攣する。それは、彼女が彼の婚約者だからという理由だけではない。彼女の醸し出す異様な空気が、私をここまで追いつめるのだ。そして彼女がそんな空気を醸し出すのは、彼女が私に対して敵意を持っているからという理由だけではない。それは彼女の持っている、独特の、汗のようなもの、つまり、毛穴から発散されているのかもしれない。それが個性だと言っても良いのかもしれないが。

「まあ、ふざけるのはここまでにして、何ですかそのお話というのは」

「あなた、私の婚約者と寝てるんですよね？」

「ええ、あなたの婚約者と寝ています」

「彼と知り合ったのはいつですか？」

「四、五ヶ月前ですかね」

「いつから寝てたの？」

「二ヶ月前くらいですかね」

「婚約者がいるという事は知ってたの？」

「ええ。よく聞いてましたよあなたの話は。というか、それより、彼は知っているんですか私たちが会っている事を？」

「知らないです」

「私にも言わないでくれと？」

「言いたいなら言っても構わないですけど」

「あ、じゃあ、多分言います」

「ていうか、こんな事を言いたいわけじゃないの。そんな事、どうでもいい事だし」

「ではあなたは何を話しに来たんですか？　早く目的を明らかにしてもらわないとマイフラストレーションにも手が付けられなくなるので手短にお願いします」

「別れないの？」

「え？」

「彼と別れないの？」

「別れ、それはつまりどういう事ですか？」

「もう会わないとか仕事上の関係だけに戻るとか、そういう事です。本当は仕事上の関係だけでも、付き合われるのは嫌ですけど」

「別れるかもしれませんね。まあ、理由とか、時期とかは、それぞれ、諸事情とか、諸々、色々な事によったり、するでしょうけど」

「そう」

「満足ですか？」

「いいえ」

彼女はとても悲しそうな顔をした。それにしてもさっきから腹が立つのは、サフダのイタリアンドレッシングの酸味のきいた臭いと、トマトの臭いがたつパスタの湯気だ。ドレッシングのかかったクルトンを彼女の日に、トマトソースを彼女の鼻に、フォークとナイフを彼女の鼓膜の奥に、突っ込んでやりたい気分だった。彼女はトマトソースをたっぷりからめたパスタをフォークに絡め、一口食べた後、私の手元のジントニックを見つめた。何も頼んでないんですか？　彼女はそう言って、ボーイを呼んだ。フードメニューを。止める間もなく彼女はそう言って、メニューを持って来させた。ありがとう、ボーイにそう言う唇がかすかに、オリーブオイルで濡れていた。

「あの」

「え?」

「唇が濡れてますオリーブオイルで」

「ああ」

彼女は少し不審そうな表情をしたけれど、そう言ってナプキンで口元を拭った。そうすると、今度はそのナプキンが気持ち悪かった。テーブルの中央にひらりと投げられたナプキンを小指で彼女の方へと微妙に押しやり、目を瞑ってジントニックを飲んだ。

「何でも、頼んでください」

「結構です」

「気を遣わないでください。本当に、私は修羅場にする気はないんです。落ち着いて話をしたいんです。というか、一人で食べてるの、落ち着かなくて」

「私は食事を摂らない主義なので」

「食事を摂らない?」

「ええ。そうです。まあ、当然の事ですが」

「当然?」

「私は飲み物と漬け物で生きてるので」

「飲み物と漬け物?」

「というかあなたは何故婚約者の浮気相手と会ってる時に食事なんか出来るんですか? 頭おかしいんじゃないですか? 何で怒りながら食事が出来るんですか? はっさり言って超常現象でも見ているかのような気分です。気分が悪くなります。怒りながら食事をするだなんて、気色が悪いにも程があります」

「お腹が空いていると、怒りっぽくなるんです私。冷静に話したいんですあなたと」

彼女は開き直ったかのように、さばさばとした調子で言った。食欲も怒りも自分でコントロール出来ないなんて、愚かしいにも程がある。しかもこの女、人に食事を押しつけようなどと目論んでいやがる。しかも私に! まったく愚の骨頂もいいところだ。私は憮然としたまま煙草に火を点けた。彼女は黙り込んでメニューを見つめ、ボーイを呼ぶとトリッパのトマト煮込みを注文した。一口くらい食べますよね、そう言った彼女に首を振った。

「食べ物は大根と胡瓜が限界なので」

「ベジタリアンにしてもかなり偏ってますね」

「偏っていようがいまいが、もう一年以上そういう食生活ですし、誰に何と言われようがこれからもこの食生活は続けていくつもりなので」

「そうですか。なるほど」

「……え?」

「意地でも食べないという意思は分かりました」

　私は安心していた。なるほど、そう言われた瞬間、何故私が食事を摂らなくなったのかを悟られたのではないかと思ったのだ。ほっとしながらグラスの中に浮くライムを取り、一口かじった。

「彼、女遊びが激しい人だとは思ってなかったんだけど……」

「別に女遊びが激しいとは、思いませんけど」

「あなたと遊んでるのに? それにあの人、前付き合ってた女性とも会ってたんですよ」

「え、いつ?」

「安心してください。あなたと知り合う前です。ちょうど一年くらい前、手帳に女の名前があって、問いつめたら会ってたって。やったかどうかは聞かなかったし、もう会わないって言ってたけど、本当かどうか分からないし。もしかしたら、まだ会ってるかも。ひどい人だわ」

「じゃあ別れれば?」

「別れないわ」

「ああそう」

「私が彼の事を諦めるんじゃないかって、期待してた？」

「別に」

一々鼻につく。こんな女が彼の婚約者なのだろうか。私は何か誤解をしているのではないか。サラダ、パスタ、パスタ、サラダ、パスタ、とフォークを伸ばす彼女を見ている内に、自分が見ている物全てが信用出来なくなった。もしかしたら、私の中の分裂した自分が、ただ相席になっただけのこの女を婚約者だと妄想し、妙な幻聴や幻視を見せているのではないか。分裂について考えないと決めたはずなのに、私の不安は留まらず、更に自分自身を疑ってかかる。もしかしたら私は、自分自身の分身を見ているのではないか。分裂した自分が生き霊となって私の目の前に現れているのではないか。この女は私なのではないか。そして意のままにならない私を責めるために婚約者のふりをしているのではないか。この女は一体何者なのだ。彼の婚約者である。そういう事にしておこうと決めたばかりだ。しかし物証がない立証出来ない信じられない。電話の記憶だって本当はやっぱり夢だったのかもしれない。名前も仕事も年齢も私は知っている。つまり分裂した自分が居たとしたらその自分も知っているはずだ。生年月日は確かめようがない。私が演技をしていた女はこんな女ではなかった。私がタクシーで演技をしていたのは、もっともっと、もっと、何というか、もっと、スマートだった。いや、しなやか、いや、もっと、素敵だった。少なくともタクシーの中の婚約者は、こんな女じゃなかった。頭の混乱と共に煙草を吸う頻度が高くなる。すぱすぱと立て続けに煙を吸っては吐いている私を、彼女はパスタを咀嚼しながらじっと見つめていた。彼女の瞳が、とても恐ろしく感じられた。動揺を悟られているのではないかという不安と緊張から、煙草を唇から離す事が出来なかった。

「やっとお腹も落ち着いてきました」

彼女はそう言って微笑んだ。恐い。恐い。恐い。何者だ。この脂ぎった料理をがつがつと食べている臭い女は一体何者なんだ。こんやくしゃ。こんやくしゃって。こんやくしゃって何だ。今日私はこんやくしゃだったはずだ。タクシーで。そうタクシーで。タクシーの中の私はこんな女ではなかったつまり、私がこんやくしゃじゃないのかそれとも彼女がこんやくしゃじゃないのか偽物はどっちなんだ私だ私は演技をしていた演技だったあれは演技だったタクシーの中の私もお菓子を作っていた私も全部偽物だった私ではなかった。演技だったそう、私のあれは、演技だった。本物はこの目の前の女であるこの女が婚約者。そう彼の婚約者。そうこれが。この私の目の前でにこにこと笑いながらパスタを食う女が。

「それは、良かった」

「ねえ、あなた有名なんでしょう?」

「はい?」

「仕事で」

「ああ、ええ」

「雑誌のインタビューを見たの」

「それはどうも」

「何だか、インタビュアーを小馬鹿にしているような感じだった」

「インタビュアーが小馬鹿だったんじゃないですか?」

「私ね、あれを読んで、私に似てると思ったの」

「はあ?」

「私、あなたの事嫌いじゃない」

「はあ」

「私、あなたと平和条約を結びたいの」

「はあ？」

「私とあなた、彼が寝る女は私たちだけにしたいの」

「はあ？」

「だからつまり、二人で彼を監視しましょう」

「はあ？」

「私は、彼が私と一緒に居る時しか彼の時間を把握出来ないでしょ。彼が会社に行っている間、もしくは仕事が終わった後、何をしているのか分からない。だから、あなたが彼と一緒に居る時間を、報告して欲しいの。互いに摑める情報を、報告し合いましょう」

「つまり、今日は何時から何時まで一緒だった、というような情報を交換するという事ですか？」

「それだけじゃなくて、明日はどこに行く、とか、明日は誰と打ち合わせがある、とかそういう、彼から聞いた事も全て。私たちが力を合わせれば、彼の事をより把握出来るじゃない」

「なるほど、おことわ……」

「お断りしますって言うんでしょう。分かってますそんな事」

「じゃあ最初から言わないでください」

「でも、あなたは私と情報を共有したくなるはず。絶対」

「どうして？」

「あなた結婚式の招待状、もらってないでしょ？」

「ええ」

「私たちがいつ結婚するのか知ってる？」

「今月だという事しか」

「あなた、私たちの事、知りたくないの？」

「………」

「彼が私と居る時間、あなたと居る時間、それ以外の時間を誰とどこで何をして過ごしているか知りたくないの？」

「興味がないです」

「そんなわけない」

「何を根拠に？」

「あなた飢えてる」

「何に」

「全てに」

「だからストーカーまがいになれって?」

「健全でない方法でも、満たした方がいい事はあると思うけど」

彼女はフォークに巻き付けたパスタを口に含みながら、私を見上げた。この、デブ。小さく呟いた。それは、彼女の耳には当然届かないが。ライムの果肉を、端っこだけ歯で毟った。外側と違って味気ない白色の皮が現れた。

「彼に、言いますよ。言ったら、あなた捨てられるんじゃないですか?」

「大丈夫、私は彼に信用されてる。それに……」

「何?」

「あなた、彼の前で私の話出来ないんでしょ?」

「……何故?」

「昨日、電話で言ってた。彼の前では婚約者という言葉すら口にしないって」

「夢だと思って適当な事を喋ったという可能性も、考慮した方がいいんじゃないですか?」

「婚約者の存在は知ってる、でも、あなたたちが今どういう付き合い方をしているのかは知らない。彼と二人で居る時、彼はあなたの話をしない。そう言ってた」

「彼があなたの話をしなくても、私がする可能性はあるじゃない」

「あなた、話せないんでしょ？」

「…………」

「私たちの関係を知るのが恐くて」

「どういう意味？」

「彼があなたと寝るのは耐えられる。私、あなたの事が好きになりました」

「私にとっては、彼があなたと寝ようが寝まいが関係ない。セックスも婚約も結婚も勝手にすればいい。耐える耐えないの問題ではないわ」

「でも彼が私たち以外の女と寝ていたら？」

「嫌です」

「ほら。やっぱり情報を共有したいんじゃない」

「それは話が別です」

運ばれてきたトリッパはまた、嫌な臭いがした。生臭い、獣の臭いが。それを次々口に放る彼女は、もっと臭いような気がした。トリッパの皿が下げられるまで、私はずっと煙草の火を絶やさなかった。何がそんなに嬉しいのか。何がそんなに楽しいのか。彼女は始終微笑みながら、ジントニックだけを飲む私を見つめていた。早く帰りたい。気持ち悪い。何だこの女は。苛立ちながら、すなわち貧乏揺すりをしながら吸っていたものだから、煙草の灰があちこちに散っていた。

「まあいいです。情報を共有したくなったら、電話して。名刺渡しときます。それからあなたさっきこのデブって言ったけど、私は身長百六十五の四十五キロです。まあ、あなたのように骸骨のような体ではないけど」

一人でがつがつと食った後、ナプキンで口を拭い、微笑みながら、彼女はそう言った。彼女の少しも嫌味のない微笑みに、私は引きつった笑みでしか答えられない。彼女の言葉に中傷の意はないように感じられた。嫌味のない中傷、そんなもの、私は認めない。首筋から肩の辺りに、血液が溜まっている感覚があった。今、針一本でも首に刺されたら、出血多量で死んでしまいそうだ。体中が熱く、重い。早く逃げ出したい。しかし何か言い返さなければ。私は言葉を探し、一回口ごもった挙げ句、やっと言葉を発する事が出来た。

「骸骨とは、お言葉ですね」

「ねえ、あなた、お菓子は好きでしょう？」

「は……」

「何となくそう思ったから。好きなら今度うちの店に来てちょうだい。名刺に店の場所も書いてあるから。じゃあ、電話ちょうだいね」

彼女はそう言って去って行った。彼女の姿が見えなくなってから、もう一度くそデブ、と呟いた。力が抜け、今までの自分の状況がどれだけ非日常にあったかを理解した。店を出ると、すぐにタクシーを拾った。行き先を告げただけで、私はそれ以上何も話さなかった。スーパーに寄る気力も、タルトを作ろうという気も、失せていた。寒いですねーと言う運転手を一瞥して、運転席の背もたれをがんと蹴飛ばした。沈黙の移動。それは私の心を涼しくさせ、少しずつ冷静に戻させた。冷静に、やっとなれた。薄く開けた窓から冷たい空気が入り込み、私の思考は更に透明度を増した。頭の血が下がり、彼女の事を分裂した自分ではないかと考えていた事を思い出し、小さく肩が上がった。しかしどれだけ冷静に考えても、現実感がなかった。本当に彼女が彼の婚約者なのだろうか。バッグからさっきもらった名刺を取り出し、しげしげと眺めてみた。私の知っている情報とは全て一致するが、何しろ私は彼女の事をほとんど知らない。タクシーでも自分で想像し補足した情報をはりぼてのように作り上げ、それを喋っていただけだ。そう、あれは婚約者ではなく、婚約者の演技をしている私だった。彼女の名前を見つめながら、思った。この名字は、今月中に、彼の名字になるのだと。それは耐え難い、と思うには不十分だった。私には現実味が感じられなかったのだ想像が出来なかったのだ。あの女と、彼が、寝ているところ婚約をしたところ愛していると囁き合うところ愛撫し合うところ結婚式場を探しているところ、そう何一つ。私が勝手に作り上げた想像の彼女と一致しなかったからといって、彼女が偽物だと言う事は出来ないがやはり、消化しきれない思いがあった。しかも、彼女はとても妙な事を言っていた。いやしかし、彼女の言っていた事を何一つ理解出来なかったかと言えば、そうでもない。彼女の気持ちは分かった。彼の情報を共有したいという婚約者である彼女の気持ち。それはかつて私も感じた事のある、独占欲からくる提案だろう。私だって、独占欲を感じた事がないわけではない。しかし、食事を止めた頃から、私はそのような欲求をほとんど失った。欲求を持つ事に、意味を感じなくなった。禁欲ではない。無欲なのだ。私はそう、無欲である。それが良い事かどうかは別にして、とても生きやすくなった。何もいらない。そう言える強さはある。しかしそれは逆説であり、無欲になってしまった事の、理由付け、意味づけかもしれない。なってしまった？　いや、そうではない。私はそれをずっと求めていたのだから。なってしまった、でも、なってやった、でもなく、無欲に、私はなったのだ。

タクシーの中でも、降りてからも、黙っていた。私の口は何もかもを言葉にしない。無言の帰宅とはつまり、この事だ。部屋中が辛気くさい。それは昨晩ずっと、私がこのリビングで錯乱していたからかもしれない。何かを変えなくてはならないというプレッシャーを感じつつ、何をする事も出来なかった。私は何も出来なかった。何も出来ない、という事実がまた私を苦しめた。一体どうしたらいい。一体どうしたらいい。何をしたらいい何をすればいい。ああ私は何を求めているのか。何を。何を。コートか？　そんなはずはない。いや、何も求めていないから、苦悩しているのだ。無欲になれば心穏やかに、なれると思っていた。いやしかし、では何故こんなにも私は苦悩しているのか。彼の事を私は、欲しいと思っているのだろうか。彼の事などどうでも良いと思っているのだろうか。一体何を求めこんなにも苦悩しているのだろう。いや、彼すら求められない事に苦悩しているのだろうか。彼と理解し合えない事に苦悩しているのだろうか。彼に意思表示出来ない事に苦悩しているのだろうか。ああ自分の中ではとうに答えは出ているはずなのに、何故だろう私にはそれをはっきりこれだと言い切る力がない。

私はこの日初めて、処方されている睡眠薬の使用時間と注意書きを守って服用した。ここまで混乱をしている時に、錯乱したり、泥酔したりしたら、もう生きたまま正気には戻れないかもしれないと思ったからだ。

彼の彼女と出会った二日後、彼から電話が来た。二日間、私はお菓子作りもせず、ただただ錯乱と飲酒を繰り返していた。前の晩に錯文が残っていて、まるで私は錯文を書くたびに元々最初から存在していた自分自身のあらゆる部分を失っていっているような気がして、そしてそれに反比例して、錯乱している自分が傍若無人になっていっているような気がして、その発想の恐ろしさに、大きく身震いをした瞬間に鳴った電話だった。彼は仕事の進み具合はどうですかと聞き、私は進んでいませんと答えた。会社から電話している彼は、普段よりも事務的だった。出来れば今晩打ち合わせをしたいのですが、そう言った彼に都合のいい時間と場所を伝えると、分かりました、それでは今夜十時に、と返った。よろしくお願いします、では失礼します、という言葉を最後に、電話は終わった。彼女から何かを聞いたか、彼女の行動に勘づいたか、彼の言葉からは何一つ分からなかった。いや恐らく、彼は何も知らないのだろう。あの女が、私と会った事を彼に言うはずがない。彼女はそういう、強かな女だ。私は、私は彼に何か、話すだろうか。何か、話してしまうだろうか。何か、話すべきだろうか。悶々と悩みながら化粧をした。軽く、頭痛がした。アスピリンを一錠、唾液で飲み干した。どうやら、彼の電話によって助けられたようだった。私は、脳を痺れさせてくれるアスピリンのおかげもあり、正気を保ったまま、身支度を始める事が出来た。

エマニュエル・ウンガロの短いスカートを穿き、六十年代に作られたという、蛇革が貼り付けられた一点物のコルセットを締めた。六十年代といっても、その頃にはもう矯正のコルセットは流行っていなかったらしく、ファッション用であるため、ウェストは五十センチほどだが、スカートがひらひらしているため、くびれたウェストが目立った。しかし半年ほど前から、ストラップもカップもついていないストレートのコルセットを着けると、ずり落ちてくるようになった。体のラインが見える服が好きなため、仕方なくコルセットを着けているようなものなのに、最近ではウェストにぐるぐるとさらしを巻いてから装着しなければならない。コルセット専門店でもっと細いコルセットはないのかと聞くと、五十センチ以下の物は現在日本では製造がなく、輸入品かアンティークで探すしかないと言われた。そんな暇はない。

身支度が済んでもまだ時間が余っていた。手持ちぶさただった私は、いつもはペットボトルのまま飲むトマトジュースをショットグラスに注ぎ、ソファに座って一服した。いつもはソファに座るとだらしなく、横に縦に斜めにと背骨を曲げてしまうが、コルセットをしている時は必然的に背筋が伸びる。コルセットに入った鯨骨のボーンに支えられていると、安心する。十二本の鯨骨、それはどこか、私の精神すら正気に保ってくれているようでもある。分裂した、数百、数千、数万もの私を、一個体にまとめ上げてくれているようでもあった。縛られる解放というのも、ある。トマトジュースを飲み干し、煙草を消した。まだ、三十分ほど時間に余裕がある。デスクに向かい、三日前の錯文を読み返してみた。この錯文は彼女からの電話の前に書かれたものなのだろうか、それとも後なのだろうか。本当に電話など来ていたのだろうか。一体この時私は、何を考えていたのだろう。書かれているのは、まるでオランウータンの書いたような文章であるが、書かれている事以上のものが、その時の私にはあったような気がして、それを私は掘り下げていかなければならないと思った。この錯文を読み解き、その心理を分析する必然性を強く感じた。しかし何も解読出来ないまま、三十分が経過してしまった。後ろ髪を引かれる思いでテーブルのショットグラスをキッチンに持って行き、グラスをシンクに向かって一振りした。下に溜まっていた僅かなトマトジュースがシンクにばらっと模様を画いた。それを水道水で流す事もせず、シンクにグラスを置くとバッグを持って、何かから逃げ出すように部屋を出た。錯乱している時の私は、正気の私に対して怒っているのではないだろうか。冷たい空気に体を縮こまらせながら、錯乱している自分に思いを馳せた。彼女には何か伝えたい事があって、彼女にとってそれには大きな必然性があり、私はヒントを残しているのに、どうしてあなたは気付いてくれないのだと、怒っているのではないか。だとしたら、怒っているのだとしたら、そうだとしたら、私は、どうしたらいいのか。彼女は、私に何を伝えようとしているのか。伝えようと、錯文を書いているのだろうか。そんな事が果たして、あるのだろうか。でもそんな事言われても、私は、どうしたらいいか分からない。そんな事、言われたって。第一、私たちは一体なのだ。分裂はしているかもしれないが、一応の形で一体なのだ。彼女は、こうして悶々と悩み、答えを出せないでいる私を見て、憎悪や殺意を抱いていたり、するだろうか。あるいはもう少し、私を好意的に考えてくれているのだろうか。

そんな事を考えている自分が少しだけ馬鹿らしく思え、ふうとため息をついた瞬間、空車の表示が出ているタクシーを見つけた。それに乗り込んだ私は、彼との待ち合わせ場所であるレストランの向かいにあるデパートの名前を告げ、それっきり沈黙した。

「全然進んでないの？」

「ああ、まだ全然やってない」

「仕事、はかどらない？」

「ううん。やってないだけ」

「そう。今、忙しい？」

「ううん。別に。いつも通り」

彼は、締め切りは今週の金曜であると、念を押した。年末進行になるため、いつもより締め切りが早いのだ。今月の締め切りを聞くのは四度目だと言って笑うと、彼も笑った。どうやらやはり、彼女は彼に何も言っていないらしい。何一つ、彼にいつもと変わったところはない。彼はアラビアータとサラダを頼んだ。アラビアータはチーズの臭いが強く、その上ガーリックの臭いもしていた。そう言えば初めて彼と寝た日に来たのもこのレストランバーだった。あの時席は、窓際の入り口から三つ目のテーブル席だった。今日は向かい合う事もなく、二人してカウンターに向かっている。テーブル席よりも距離が近く、少しだけ胃液がこみ上げてきた。ジントニックを飲んでいたら、彼女と向かい合って話していた時の事が頭に浮かんだ。彼女もそう言えば、パスタを食べていた。彼らはよく二人で、イタリアンを食べに行ったりしているのだろうか。食べながら、このパスタは美味しい。とか、ちょっと食べてみなよ。とか、オリーブあげる。とか、言ったりしているのだろうか。吐き気がする。油まみれの臭い料理を食べ、美味しいなどとのたまい、互いに皿を交換する。彼がそんな事をしているのではないかと考えると、胃が痛くなった。

「ねえ」

「なに？」

「あなたも、たまには断食してみたら？」

「体にいいんだっけ」

「そうね。それに、宿便も出るし」

「宿便ね」

「二日や三日食べないだけで宿便が出るのよ」

「でも」

「え？」

「美味しいよこれ」

「……そう」

「……食べ物を食べているところを見た事がない」

「私が?」

「そう」

「食べないから、ねえ。でも、たくあんとかだったら、食べるわよ」

「ちょっと、食べてみない?」

「何を」

「これ」

彼はアラビアータの載った楕円の皿を私の前に押しやった。一瞬絶句してしまった。い、いい、私、お腹空いてないし。動揺しながら言うと、彼はそう? と言って皿を戻した。

「何で食べないの?」

「体に悪いのよ」

「ほんのちょっと食べただけでも?」

「……うん」

「全く食べないの、良くないと思うよ」

「腹部、膨満感」

「あるの？」

「あ、うん。……膨満感」

「膨満感、ね」

「うん。膨満感」

納得がいったのかいっていないのか、彼は複雑な表情をしたままフォークにパスタを巻き付けた。膨満感という言葉が好きなだけなのだが、体に悪い、健康維持、という理由を説明しても理解してもらえない場合、こう言う事にしている。膨満感、と言う瞬間、いつも思わず顔がにやけてしまう。何て面白い言葉なのだろう。膨満感。言った時の響きを思い出してにやにやしていると、彼が不思議そうにのぞき込んだ。

「そうだ。この間も聞こうと思ってたんだけど、換気扇、直った？」

「ううん。今日こそ管理人に言おうと思ってたんだけど、時間が、なかなか」

「そう。自分の死体、見た？」

「ううん。今日こそ見ようと思ってたんだけど、時間が、なかなか」

「そう。でも俺、殺してないよね？」

「私の事?」

「うん」

「…………」

「怖がらせないでよ」

「殺されて」

「うん」

「ない」

「そうだよね」

「うん」

「だよね」

「ねえ」

「うん」

「私最近、錯乱している時によく日記のような文章を書くの」

「へえ」

「錯乱してる時の私」

「うん」

「錯乱していない時の私に何かを伝えようとしているんじゃないかって、思うの」

「そういうの」

「うん」

「………」

「何？」

「……どうなのかな」

「何が？」

　彼は答えなかったし、私はそれ以降黙り込んだ。私の言った何が？という言葉が何も意味を持たない言葉である事を、私も彼も知っていて、互いにそれを知っているという前提の沈黙だったから、その沈黙にも大して意味はない。何が？よく言ったものだ。センスのない言葉だ。何が？その言葉こそ何が？である。自分の至らなさを強く感じ、彼に対して申し訳ないと思った。

　彼はアラビアータを食べ終え、私たちは二杯目のジントニックを飲んだ。話題は、最近彼の出版社でデビューした新人作家についてだった。話題が先行してしまい、大して面白くもないのに手違いで売れているだけだと彼は話した。まあ、今月号でインタビューするんだけどね、とも付け足した。

「この間、本屋でちらっと読んだわ。ハリウッドのノベライズみたいな本でしょう？　何万部突破とか、ポップに書いてあったけど」

「面白いものと、売れるものは違うからね」

「そうね」

「君の、アミービック、あったじゃない？」

「……ええ」

「あれもなかなか面白かったけど、出版しても絶対に売れないだろうしね」

そうね、と呟いて、ライムをかじった。

「ああ」

「何？」

「初めて食べ物を食べているところを見た」

「ああ」

「食べ物の臭いがしない君が、食べてるところを見るのは、いいものだね」

「そう?」

　彼を見上げながら、もう一口ライムをかじった。切れていた唇にしみて、ぴりぴりとした痛みが走った。残った果肉を、もう食べる気にはなれず、灰皿に落とした。果肉が無くなった部分、それはやはり白色で、あるはずの部分がないという事は、とても妙な感じがする事を知った。白色の部分にはかつて果肉が付いていて、さらに言えば六等分された内の五つのライムがくっついていたはずだ。それらがあって初めて、彼らは一つだった。しかし、三分の一ほど果肉が失われ、惨めな形となったこのライムは、かつて自分が完全な個体であった事をもうすでに、忘れているのかもしれない。それは私がかつて一つであったように。そして分裂し、分裂し、分裂した部位の幾つかを完全に忘却してしまっているように。私はやはり、自分を忘れている。分裂した部分。切り取られた部分。切り離された部分。それぞれは私に混在しているのに、私はその内の幾つかを、完全に忘れてしまっている。一体何だったのか。何が、何が私から無くなってしまったのだ。何が、私の手を離れていったのか。いや、自分から切り離したのか? それとも誰かに切り取られたのか? 錯文を書いたのは、その失われた私自身の亡霊なのか。それとも失われたものを思い出させるための仮の姿なのか。忘れられた部分を思い出させようと、もう一度把握し取り戻して欲しいと、アピールをしているのだろうか。不完全であるという事に、何かが無くなるという事に、私たちは気付かなすぎる。それは確実な、自分自身であるというのに。何かを失っている。何なのか。お前にはかつて、後三分の一程の果肉がついていて、六分の一にスライスをされて、今は離ればなれで思い出す事もないだろうが、そう、六分の五があったんだ。そしてそれらが全てあって、初めて君は君自身だったんだ。ライムは灰皿の中で、彼の指でとんと叩かれた煙草から落ちた灰をかぶった。完全であった頃の自分を、ライムは思い出しているだろうか。もっと言えば、君は木にぶらさがっていたはずだ。いや、木と一体だったはずだ。もっと言えば、君が木と一体化していたのなら土とも一体化していたはずだ。君はもしかしたら、地球なのかもしれない。地球と一体化していたのかもしれない。そんな事、私には想像もつかないよ。君だって、想像出来るか？　この薄暗いレストランバーでナイフを入れられ、無惨な姿となってジントニックに浮きながら、地球と一体化していた頃の自分を思い出せるか？　そんな事、絶対に出来ない。君は多くのものから切り離されてきたんだね。可哀想に。ああ、可哀想に。かつて地球だった君。

ジュ。彼の吸っていた煙草がライムの果肉を焼いた。火種は妙な香りの煙を吐きながら消えた。

彼と一緒にマンションに戻り、またジントニックを飲み始めた。いつもより多く水分を摂っているせいか、膀胱がじくじくと疼いた。トイレに行くと、換気扇がまた妙な音をたてていた。今朝トイレに入った時、何だかとても音が気になって、換気扇を切ったはずだと思い出し、不思議に思ってトイレの外にあるボタンを確認すると、やはり作動のランプが点いていた。マンションに帰ってから彼がトイレに入っただろうかと記憶を巡らせるものの、便座が下がっているところを見て、入っていない事を思い出す。玄関からリビングへ移る途中に、彼が手をついたのだろうかと思い、換気扇を回したままトイレに戻り、用を足した。久々に大量の尿が流れた。かつて一日に一度排便をしていた時の事、尿がしゃーっと勢いよく出ていた時の事を、私は忘れかけていた。あの頃私は毎日、大量に食べ物を体に入れ、排泄していた。あの頃の排便、排尿の感覚を、私はもう忘れかけている。いやそれは、必要ないと思ったから捨てたものだ。大量の排便、排尿をする自分は、自分で切り離したものだ。要らなかったのだ。そう、要らなかった。だから捨てたのだ。要らなかったし、今でも要らないのだ。

リビングに戻ると彼は居なかった。寝室のドアを開けると、薄暗い部屋のベッドの中に、彼の髪の毛が見えた。掛け布団を被っていて、その上にコートまで乗っていて、顔が見えない。もう眠ってしまったのだろうかと思いながら、寝る前に一本煙草を吸おうと寝室のドアを薄く閉め、ソファに座った。その時、電話が鳴った。彼が起きてしまう、と思い慌てて受話器を取ると、小声でもしもしと言った。

「こんばんは。私です」

「何ですか、こんな時間に」

「共有したいと思ってくれましたか」

「共有？　だからしないって言っているでしょう」

「共有、しないの？」

「しないです。結構です。電話とか、しないでください」

「今、彼、そこにいるの？」

「いません」

「嘘」

「何故」

「分かるの」

「何故」

「あなたが好きよ」

「何言ってるの」

「あなたの事、分かるの」

「いい加減にして」

「言ったでしょ、私と似てるって」

「似てないし嬉しくないし」

「あなた私の事、切り捨てるんだ」

「切り捨てるって何、所有してないし」

「……ひどい」

「は？」

「……ひどいじゃない」

「え？」

「私の気持ちを少しくらい考えてくれたっていいじゃない」

「……あなたの気持ち？」

「奪ったくせに」

「…………」

「あなたが奪ったのよ?」

「…………」

「私の居場所」

「居場所って……」

「知ってるくせに」

「…………」

「知ってるくせに酷い」

「…………」

「私はこんなにあなたの事を考えているのに」

「…………」

「私はあなたの気持ちを考えているのに」

「…………」

「あなたの気持ちを考えてあげているのに」

「…………」

「私の事も、考えて」

「…………」

「考えて」

「…………」

「考えてよ」

「…………」

「…………」

足先から手先から血の気が引き、その端々から身体が真っ白になっていくような気がして、慌てて手足に目をやった。血の気の引いた部分が痺れ始め、後頭部が痛くなった。受話器を投げつけるように置き、電話線を抜くとデスクに向かった。抗鬱剤を六粒、かみ砕いて飲んだ。ああそうだ酒飲もう。いつも酒を入れているチェストを開き、中を漁った。酒はなかった。冷蔵庫を開き、隅から隅まで探した。酒はなかった。ああああんなに買っておいたのに。さっきのジン、あれが最後だったというのか。いや、思い出せどこかに少しくらいあるはずだ。アブサンジンビールあわもりたくさんあったじゃないかそれなのにどこを探しても無い無い無い。どうしてだ何があったんだ私の酒に。何があったんだ酒。いや私。私に何があったんだ。どうなっているんだこの世界は何だ。何なんだこの世界は何なんだ。いやもう何ていうか本当勘弁してよさっきまでだって私外に出てて何もなくてまさに正気だったよトマトの臭い嫌がったりライムいじったり何だか変な女から電話来てそうだ電話きてどうなったのどうしたのなんだったのあれ私あれほんと意味がわからなくてああくしゃみが出たああ。ああもう酒が美味いほんと美味いああこぼすなこぼすなもったいない。ああああああもう一体どうなってんの明日あれ締め切りね、締め切りあんだよあのー、何、あのー、タイアップのそう、タイアップの。えっせい。やんなきゃいけないんだけどねー忙しくて忙しくてもう何したらいいのかわかんないしもーいーかげんに仕事しなきゃよー。つーわけでガム。違うの。今日は。昨日買ったばかりのガム。アップル味なのちょっとあたいそういう甘いあまーいあまーい乙女ってチックのものは口にしたくないんだけどもっと何かたくあんとかそう胡瓜とかそうそういうのがいいずっとあの歯ごたえが続いて無くならないたくあんとかないのないのあったらすげー重宝んだけど。てー言ってもよーおめーらまじで何なの何しよーとしてんのどーユー事なの一体今私一瞬揺れたけどこれ何地震、え違う揺れただけ、私揺れただけ？　私自主的に揺れただけ？　どういう事何どうなってんの天変地異。もーあたい何してて何してて何をしようとしてて何をしなきゃいけなくてしてて何が一番大事な事柄で何がどんなんなってててって何も知らんしどーしょーもないって。何かおかしいすごくおかしいさっき頭痛薬飲んだのにすげー頭痛いし抗鬱剤飲んだのにすげー憂鬱だしどんなんなってんのどんなんよこれさあ。つーか私さっきから視点が定まらなくて何か視界がぶれんのよ曇ってるしどんなんなってんのこれ。何これ眼球の病気どんなんなってんの？　私死ぬの？　死ぬの？　このまま死んじゃうの私。何どうなっちゃうの私。ああ死ぬんだやっぱでもそれでも良いかなって良いかなって思うんだだって私やっとあなたたちと連合作れたしねもう素晴らしい連合ね私の連合はさぞ素晴らしいだろうちょっと無理矢理むりくり作った感もあるけどねでも私死んだら連合なくなる？　いやそんな事無いないない。連合は連合であって私じゃないし今また揺れた地震？　なに地震どういう事私死ぬから？私死ぬ時地震っていいね何かそういう感じ好きよつーか私生まれた日、大地震おこってんだってこれ、おかあたんが教えてくれたのあなたが生まれた日地震があったのよって大きかったのよってどゅーゆー事よでも生まれる時も死ぬ時も地震ってあれえーでも私まだ新でないし地震ぽいのなくなっちゃったし死なないの何死なないの私ああそう連合ばんざーいまんせーてーはみんぐああお粉をはたきましょう私にお粉をはたきましょう私のお粉はお粉に顔につけるのお粉がふわって覆ってくれてねああ私お粉大好き小さいころお粉好きだったおかあたんがおもちちゃのコンパクトに小麦粉入れてくれたのねそれで顔はたいてきゃきゃきゃて狂ったみたいに笑ってた汚い気色悪い私気色悪い私、私あの時小さかったけどワたし今大きいし大きいの何でって食ったからじゃん私色んなもの食って出して食って出してしていやいや食べ物とかいらないしっつーポリシー持ってんけど一体それってどうゆー事であるのどうなってるの。どぅーなのよ実際のところ私食べないって牛丼食ってたマック食ってた何もかも食ってたほあぐらのそてーとかもねぱてとかもねいたりあーんふれーんちわしおーくちうかかいせいきいろいろ食った全部食った食えるだけ食ったでも食わないという結論に達しったのね。だから食べないのね全部やった上での結論で結果で最終決議なわけね安保理とか通してし。いらないいらないいないだって私の話それ私の話どうにもこうにも私のはなしだよ。個人的？ていうのプライバシーていうの侵害ていうのプライバシーて何なのどういう事そんなものないよ私にそんなものないよそんなものない事に気付いてよ早く早く早く何なのなにどういう事私なに死んでるの？

私はずっと正気だった。らりっていたのは私だった。分裂した私忘れられた私。ああ私、私。何するべき。なの。ああ混同していく私たち。いや、かつて私だった私たち。酒はないのに酒はないのに酒を飲むごくりごくりと飲んでみる。もうだめ混合していくのはいいかもしれない仕方ないかもしれないでもバランスがバランスていうものが崩れ崩れ崩れて崩れすぎて私このまま何もかも全部崩れそう全部全部。いや違う！　混合ではない切り離されている！　バランスの悪い混合それは分裂を超えた、分離である！　小麦粉で繋ぎ止めたい！　片栗粉でも可！　ああもうどうして私はこんなに複雑でどうなってしまっているのどうなってしまっているのもう正気とかそういうの分からない何が正気何がらりり何が私どうなってるの情報が足りてないの？　そうでない情報が多すぎるの私には。何わたし、死んでるの？

椅子から立ち上がり、そろりそろりと、歩く。床の赤い染み。キッチンの光。白熱灯に照らされているキッチンカウンター。シンク。赤い飛沫。スツールはここに引っ越してきた時に買ったもの。カッシーナ。リビングのドアの脇。クロスの赤い染みを隠すために置かれた全身鏡。カッシーナじゃない。大きい。私が映る。細い。足とか、それまるでカモシカ。ウェスト。コルセット。私。顔。ちっさい。ドアのノブ。真鍮。触る。冷たい。回す。開く。廊下。足が冷たい。しんしん。廊下。それでトイレ。トイレ。ドア。また真鍮のノブ。開く。光。便座。蓋。足。かける。登る。換気扇。ひゅうひゅう。ひゅうひゅう。換気扇。カバー。シール。一ヶ月に一度フィルターの掃除。一度も。してない。外す。暗い。闇。ひゅうひゅう。埃。ひゅうひゅう。頭。打つ。見る。目。瞳。映る。どこ。？映し出す。？……………………………………。

寝室に居るのは誰だ。電話を掛けてきたのは誰だ。ここにいるのは誰だ。皆、私だったいや、皆は、皆だったのだろう。私ですら私ではなかった。そうだろう。私の肉体すら私ではなかった。そうだろう。私の陰部すら私ではなかった。そうだろう。その上陰部内で陰部と陰部が、肛門内で肛門と肛門が、臍内で臍と臍が、親指内で親指と親指が、乳頭内で乳頭と乳頭が、眼球内で眼球と眼球が、鼓膜内で鼓膜と鼓膜が、脳内で脳と脳が、それぞれが、それぞれが別物に分裂し、それらを完全に完成させる。完成。されて、しまう。私。細かい。何かの。固まり。白桃のカンヅメを流しの下から出して開けてみる。てらてらと光るシロップに指をつけ、それを食べてみた。食べられなかった。寝室のドアを開けて、ベッドの脇に立ってみた。コートの下に覗く、彼のものと思われる髪の毛は、一ミリも動かない。私ももう、動けなかった。鼻がむずむずしていた。でもくしゃみはもう出ない。

初出誌　「すばる」二〇〇五年七月号

この作品は二〇〇五年七月、集英社より刊行されました。

金原ひとみの本

蛇にピアス

蛇のように舌を二つに割るスプリットタンに魅せられた
ルイは舌ピアスを入れ、身体改造にのめり込む。
第27回すばる文学賞、第130回芥川賞受賞作。

アッシュベイビー

好きです。大好きです。だから、お願い。私を殺してください——。
主人公アヤの歪んだ純愛は、存在のすべてを賭けて疾走する。
欲望の極限にせまる、恋愛小説の傑作。

集英社文庫

AMEBIC《アミービック》

2008年1月25日　第1刷
2023年6月17日　第2刷

定価はカバーに表示してあります。

著　者　金原《かねはら》ひとみ

発行者　樋口尚也

発行所　株式会社 集英社
東京都千代田区一ツ橋2-5-10　〒101-8050
電話　【編集部】03-3230-6095
【読者係】03-3230-6080
【販売部】03-3230-6393(書店専用)

印　刷　大日本印刷株式会社

製　本　大日本印刷株式会社

フォーマットデザイン　アリヤマデザインストア　　マークデザイン　居山浩二

ISBN978-4-08-746252-4 C0193